桂 歌丸
正調まくら語り

～芸に厳しく、お客にやさしく～

桂 歌丸［著］

竹書房文庫

桂 歌丸
正調まくら語り

～芸に厳しく、お客にやさしく～

桂 歌丸［著］

竹書房文庫

楷書の歌丸 〜まえがきにかえて〜

六代目 三遊亭円楽

僕の大好きなお爺さんの「まくら集」が出版されることになった。本人がいない所では、〝お爺さん〟と呼ばせてもらっていた桂歌丸師匠とは、二人会、三人会の落語会で全国を回り、一番数多く長い時間をご一緒させてもらったのが僕だと自負しています。歌丸師匠の噺の魅力を読者の皆様にお伝えするには、僕の言葉は足りないかも知れませんが、頁数の許す限り精いっぱい前方《まえかた》を務めます。

桂歌丸という噺家を一言で表わすならば、〝丁寧な噺家〟でした。お客様に「落語とは」を、とにかく分かり易く伝えたかったのだと思います。逆に、「なんで、古典落語を演っていても、とても分かり易いのだろう？」って、フッと考えたことがあります。考えて行きついた結論は、新作畑から出ている「楷書の芸」ということでした。つまり、現代文を強烈に意識した芸なんです。

芸風というものを書体に例えることがあります。楷書とは、字画を崩さずきちんと書く書き方です。誰もが分かり易く読める一般的な書体です。楷書は一画一画を丁寧に書いているのですが、行書はいくらか続け書きをしたものです。若干崩している分、書に雰囲気が出ます。早く書くことを目的とした草書になると、走り書きとか筆記体のようなものです。第一印象は凄く達筆に見えますが、草書体を覚えていない人には、読めないとも言われています。だから、歌丸師匠の噺は、初めて古典落語を聴く人でも分かり易い「楷書の芸」だと結論に行きついた次第です。

ところが芸の難しいところで、現代文を意識して丁寧に語れば、古典落語も分かり易くなるのかといったら、そうではないんです。ウチの師匠（五代目三遊亭圓楽）とはパターンは違うけど、どの古典落語の演者も、各々の古典落語の世界観の中で、〝崩せない壁〟みたいなものがあるんです。特に歌丸師匠は、自由度の高い新作落語で入門して、古典落語に転向した演者ですから、僕のように落語を演じている者には分かるんだけど、言葉にすると〝不器用な一面〟というのがありました。

不器用な一面とは、アドリブが利かないとか、何年間も決まったまくらを使うとかです。本書でも部分的に被っているまくらがありますが、それが逆に分かり易さになった。「このまくらだったら、この本題に入っていく」って、必ず分かった。アドリブが利かない分、必ずウケるまくらを用意して、新作落語の修業で培った現代文で磨き上げていく。気ままに喋っているようだけど、これも丁寧に楷書で語られている。曖昧な曲線がない語りで、実に輪郭のハッキリした四角い芸でした。

だから、所謂、古典落語病的な「これから古典を演りますよ」のまくらではなかった。ほとんどが、経験談、身の上話の実話を元ネタにしていましたね。本文が夫婦の噺だったら、冨士子さんとの逸話、廓の噺だったら、ご自分の真金町の実家の話、そんな風にね、噺に合った歌丸師匠の実体験のまくらをたくさん用意していましたね。

それでいて、昔ながらの駄洒落も使っていたりね。梅雨時になると、

「お尻の御病気の方には、ちょうどいい天候で……、『雨降って痔（地）固まる』と申しまして……」

って、楽屋で「それは皆、知ってるよ！」ってツッコんだりしてね。でも、それが凄くお師匠さんらしかった。

本書は、なるべく活字で歌丸師匠の口調を再現しようと、様々な工夫が凝らされています。だから、生前の歌丸師匠の口調を知る方が本書を読むと、どうしても、歌丸師匠の口調が蘇って来ます。不思議と生き返って来るんですよ。読んでいると、

頭の中が歌丸師匠の口調になっちゃう。それは、口調が個性と芸風をもっとも表わしているからなんです。だから、そういう意味でも思い出が溢れ出て来ると思います。

まくらってのは、その人の個性だし、持って行き様だから、やっぱり口調で読んでしまう。口調で読めるようになると、その人をよく聴いていた証拠でもあり、また格別に面白いものです。

どうです？　本書を読んで、歌丸師匠を思い出してみてください。あの素晴らしい「楷書の芸」が、あなたの頭の中で蘇りますよ。

目次

編集部よりのおことわり

◆本書は「まくら」を書籍にするにあたり、文章としての読みやすさを考慮して、全編にわたり新たに加筆修正いたしました。

◆本書に登場する実在の人物名・団体名については、一部を編集部の責任において修正しております。予めご了承ください。

◆本書の中で使用される言葉の中には、今日の人権擁護の見地に照らして不当・不適切と思われる語句や表現が用いられている箇所がございますが、差別を助長する意図をもって使用された表現ではないこと、また、古典落語の演者である初代桂歌丸の世界観及び伝統芸能のオリジナル性を活写する上で、これらの言葉の使用は認めざるをえなかったことを鑑みて、一部を編集部の責任において改めるにとどめております。

あたしゃ、遊郭の若旦那

一九七六年五月二十七日　イイノホール
にっかん飛切落語会　第一二夜『お見立て』のまくらより

ようこそお出《い》でをいただきまして、出演者一同気も狂わんばかりに喜んでおりますけれど（爆笑）。まあ、寄席ってのは、あんまりまともな奴は出てまいりませんですが、おあとをお楽しみにご愉快にお笑いのほどをお願いを申し上げます。

落語家が高い高座に上りまして、よく生意気に、お客様方に「お笑いくださいまし」とお願いするんですが、今日の『にっかん飛切落語会』のお客様方、皆さん、もう、頭脳明晰な方ばかりのようですから（笑）、絶対にこんなことはないと思いますが、勘の鈍い方になりますと、この会場で笑わないで、家へ帰ってゆっくり笑う方がよくいらっしゃる（爆笑）。それも、家へ帰ってすぐに笑う訳じゃないんですね。夜中の二時頃に（笑）、布団の上にむっくり起き上がって、じっくり考えて思い出してから、「ウハハハハハ」って笑ったりなんかする（笑）。親兄弟や親戚に見放されるんじゃねえかと思うことがよくあります（笑）。

面白いこと、可笑しいこと、いろいろなところで拾うように心がけております が、よく、人それぞれに、この思い出というものがございます。皆様方の中にも、楽しい思い出があるかと思うと、悲しい思い出、いろいろおありになると思います が、あたくしにも、これで一つの思い出があります。……十年前までは、額《ここ》まで毛があったというのが、思い出なんでございますが（爆笑）、これはあんまり良い思い出じゃございませんですが……。

まあ、今の年代で、四十歳近くから上の人が生涯忘れられない思い出というのがあると思いますが、どういうのかと言いますと、昭和三十三年三月三十一日という日が（笑）、忘れられない思い出だと思いますね。日本国中から、赤線の灯がパッと消えまして（笑）、……なんであいうものを消しちゃうんですかね？　神近《かみちか》なんとかってぇ、ババアが（笑）、自分も使えなくなったから、他人も使えなくなったと（爆笑）、で、なくしちゃった為に、ご覧なさい。近頃の若い方々の、まあ、性的な犯罪ですとか、あるいは暴力沙汰というのが、増加しておりまして……。はけ口がないからオートバイをぶっ飛ばして走っている訳でございますからね。ああいうものは、是非復活させてもらいたいと思っております（笑）。

で、我々落語家仲間からも、参議院議員が一人出ましたから（笑）、あの人（七代目立川談志）が当選したときに、あたしは一番先に赤線復活を訴えるかと思ったら、あのバカ、何にもやらねえバカでございました（爆笑・拍手）。自分の懐を肥やすことばかり考えてやんの（爆笑）。沖縄の政務次官を、一ヵ月でクビになっちゃって（爆笑・拍手）、いくら噺家だからって、時間（次官）が来てすぐに辞めることはないんですよ、あれは（爆笑）。……もっともあたくしは、人の悪口を言うのが嫌いな性分でございます（爆笑・拍手）。

自慢する訳じゃありませんですが、あたくしは横浜の真金町《まがねちょう》というところで育ちまして、未だに真金町に住んでおりますが、お歳を召したお客様でしたら、多分ご存じだと思いますが、昔は東京の吉原と同じようなところでございました。こっちも女郎屋《じょうろや》の若旦那として育ったんでございますけれども（笑）、で、今なくなっちゃって、今やってれば、あたしは楽屋で一番威張ってられるんじゃないかと思います（笑）。

子供心にも、いろいろな記憶が蘇ってまいります。つい先日も、古いこの実家《ウチ》の写真を引っ張り出して見ておりますと、終戦後のああいう赤線と、終戦前のこの廓《くるわ》というのは、大変な違いでございまして、ウチの構えからして大変な違いがございましてね。……終戦後になりますと、ああいうところの女性が、表へ出ましてお客を引っ張っていたんですが、戦争前のああいう廓というのは、女の子は直に引っ張りませんでして、店に若い衆《し》というのがおりまして、別に若い衆と言ったって、そんなに若かないんですが（笑）、そろそろ腰が曲がりかかっているのでも、若い衆と言ってたんですけれども（爆笑）。

一名《いちめい》これを牛《ぎゅう》と言いまして、人間を捕《つか》まえてこれを牛と言うんですからね（笑）。で、翌朝、客が勘定が足らなくなると、これが馬になってくっついて行く訳ですから（笑）、牛になったり馬になったり、いろいろ忙しい人間がいるもんでございますがね（笑）。その牛太郎《ぎゅうたろう》に、

「ちょいと、ちょいと、ちょいと」

ってなこと言って、呼び込まれまして、中へ入りますと、家によってだいぶ造りの違いがあったんでございます。あたくしのウチなんかは、「富士楼」という屋号でございましたが、張見店《はりみせ》と言うのがございまして、つまりこの、極端に言えば、ガラス張りでございますが、そのガラス張りの中に、抱えの女の子が五人なり、十

人なり、座っておりまして、で、お客様がそれをこう、じーっと見ながら、「右から三番目」ですとか、あるいは「左から二番目」ってなことを言って、『お見立て』

というのをいたしまして……。つまり今の時代で言いますと、ご指名でございますが、で、決まりますてぇと、若い衆が奥に、

「お上がりになるよう」

と一声、声をかけますと、幅の広い梯子段をトントントントンっと勢いよく上がっていくのが、お客の礼儀だったそうでございます。ゆっくり上がりましたり、特にこの梯子段の途中でピタッと足を止めるのは、店が嫌がりまして、なぜかと言いますと、後から来る客の足が止まると言って、ああいう商売は嫌がったんだそうで……。ですから、この勢いよくトントントントンっと上がるのが、慣れた女郎買いの名人だったそうですがね（笑）。で、下りるときはゆっくり下りて来て構わない。お疲れになってらっしゃいますから（爆笑）。だから、帰りがけにトントントントンって勢いよく下りて来る客は、ロクな客じゃなかったんですなあ、これが（爆笑）。大概《たいがい》、これ、フラれて腹立ちまぎれに帰ったりなんかするんだそうでして。しかし昔から、

「女郎買い　フラれて帰る　果報者　可愛がられて　運の尽き」
なんてことを言ってございましてね……。

『お見立て』へ続く

まくらから、サゲまで

一九七九年八月三十日　イイノホール

にっかん飛切落語会　第四七夜『お茶汲み』より

どうぞ、もう一席おつき合いのほどをお願いを申し上げます。

大変に陽気が涼しくなってまいりまして、まあ、このまま、秋の気配になるのではないかと、今日のなんかテレビでもって言っておりました。こう、陽気が急に……、なんか三日間でもって、一〇℃ぐらい気温が違うそうでございます。こういうときに風邪を大変引きやすいんだそうでございます。ひとつ、お身体をお労わりになりまして、風邪などを引かないように、……他人のことは言える立場じゃございませんでして（……笑）、夕べ、ヘソ出して寝てたらば、一遍で風邪引いてしまいまして、どうも我々風邪を引きますとすぐに喉《こ こ》をやられまして、毎度風邪を引く度に言っておりますが（笑）、普段でございますとあたくしの声なぞは、ウグイスが味醂《みりん》を舐めたような声を出すんでございますが（爆笑）、ただ今、カラスが焼酎を飲んだような声を出しておりまして……（爆笑）。まあ、さっきの楽太郎（現・六代目三遊亭円楽）よりはイイ声じゃねぇかと思ってます（笑）。

私《ひと》のこと、「シルバーシートだ。シルバーシートだ」って、言いやがる（笑……拍手）。……あの、三遊協会め（爆笑）！　あたしの眼の黒い内は、楽太郎は決して真打にはさせない（爆笑・拍手）。弟弟子の賀楽太《がらくた》（現・三遊亭楽之介）のほうを先に真打にさせようかと思って考えている最中です（笑）。

まあ、人それぞれにこの思い出というものが、おありになると思います。お客様方には、お客様方なりの思い出、あたくしには昭和三十三年三月三十一日という日が、生涯頭から離れられない思い出でございます。

どういうことかと言いますと、日本全国から赤線の灯がパッと消えました（笑）。ああいうものをなくしてしまいまして、本当はなくてはいけないものなんだそうでございます。

ご覧になったお客様もいらっしゃると思いますが、一月ぐらい前の新聞、……沖縄の新聞でございましたが、偶然に手に入ったものですから、丹念に読んでおりましたら、ああいう、……赤線ですか、ああいう遊び場所をなくした国というのは、滅びるという記事が出ておりました（笑）。また、随分大仰なことを掲載《だ》すもんだなあと思って、読んでいってみましたら、そらぁまぁ、ああいうものをなくしてしまいますと、性病というものがその国に大変蔓延《はびこ》るんでございます。なんですか、沖縄あたりではもう、今までありますような薬では効かないような……、インターナショナル的な性病が沖縄に上陸して（笑）、やがてそれが本土のほうにも上陸して来るのではないかというような記事が掲載されておりましたが、なるほど、それが為にその国は亡びるんでございます。

なくてはいけないものなんだそうですが、何を隠しましょう、あたくしの実家《ウチ》が、横浜の真金町《まがねちょう》というところで、戦前の遊郭、戦後の赤線、ああいう商売をしていたウチでございます。あたくしは、女郎屋《じょうろ》の一人息子としてこの世に誕生いたしました（爆笑）。

古い写真が未だにウチに残っておりますので、たまにこの引っ張り出して見てみますと、思い出というものがいくらかこの頭の中に蘇って来るようでございます。戦前の遊郭と、戦後の赤線、終戦を境にいたしまして、趣《おもむき》というものがガラリと変わっているようでございますが……。

まあ、東京にも大変有名な遊郭がございまして、ご存じだとは思いますけれども、浅草の観音様の裏っ側でございます。ちょうど、北側にあたります。吉《よし》の原《はら》というところがございましたが（笑）、……まあ、別に二つに区切ることはないんですけど、吉原でございます。最近は何ですか、お風呂屋さんばかりになったそうでございます（笑）。それも石鹸と手拭いを持っていかないで済むお風呂屋さんだそうでございます。なんか、徳島のほうから出張して来るようなことを（笑）、やってくれるそうでございます（笑）。噺のタネに一遍行ってみたいと思っているのでございますが……、地下鉄を三ノ輪で降りて、後ろから降りて、右側行って左側に行くと、元の角海老に出るという道順を、まるっきりわたくしは知らないもんでございますので（爆笑）、ご無沙汰をしておりますけれども……。

あの吉原だけは、戦前ああいうところに勤めていた女の方を花魁《おいらん》という名前で呼んでいたそうでございます。まあ、他へまいりますとほとんどが、女郎、お女郎、でございますが、吉原だけは花魁と言っていたんだそうです。字に書きますと、花の魁《さきがけ》と書きまして、これは当て字にいたしましても、たいそう色気のある字でございます。

昔、我々男性がああいう里へ足繁く通いますと、卒業間際に勲章というものを貰いまして……（笑）、勲章たって別にまあ（笑）、紫綬褒章《しじゅほうしょう》とか藍綬褒章《らんじゅほうしょう》とかなんという（笑）、そんな立派な勲章じゃございません。梅綬褒章《ばいじゅほうしょう》というやつでございます（爆笑）。つまりこの梅の毒でございます（笑）。昔はあれに罹《かか》りますと、一番先に鼻が欠けたそうでございます。で、花魁とは鼻（花）の先欠け（魁）と書いたそうでございますけれども（爆笑・拍手）。あんまり、当てにはなりませんですけれども。

で、あのう、若い衆なんてものがおりまして、牛太郎《ぎゅうたろう》でございますか？　牛太郎という名前で呼んでいて、まあ、戦後の赤線では、女性の方が夕方、赤い灯、青い灯のネオンが点きますと、表へ出てまいりまして、女性自身でもってお客様を呼んでいたんですが、戦前はそうではございませんでして、つまり今申しました牛太郎というものが店の中におりまして、牛台《ぎゅうだい》という、この台が置いてございます。ちょうどこの高座《だい》を一回り小さくしたような台ですが、この台にこう座っていて、店の中から、表を物色していて、

「あっ、お助平そうな方が通るなぁ」

と、思いますと（爆笑）、

「ちょいと、ちょいと、旦那、いい娘《こ》がいますから、ねえ、ちょいと、そんなこと

を仰らずに。冷やかしで結構ですから、ちょいと、旦那」

ってなことを言って呼び込みまして、入ってまいりますと、例えば、〝初見世〟なんて、書かれた紙がぶら下がっておりまして……、初見世と赤い字で書きまして、源氏名がこの下のほうに書いてある。

実家《ウチ》におりました源氏名で、仙山《せんざん》という花魁がおりましたが、一晩に三十六人の客をとったという花魁がおります。なんか、女郎だか、荒木又右衛門だか、訳の分からないような女郎でございます（爆笑）。これはウチの稼ぎ頭でございましたけれども……。

で、初見世と言いますと、お客様が、例えば、

「あっ、これは初ものだなぁ」

と、お思いになるかも分かりませんですけれども、……この〝初見世〟ぐらい、いい加減なものはなかったんです。初見世ってのは、そこの店へ来て初めて、その初見世なんです（笑）。今まで何十軒も渡り歩いていたのかは、分からない（爆笑）。太平洋でゴボウを洗って……、いや、そんなことはどうでもよろしいんですけれども（爆笑）。

張店《はりみせ》なんというものがございまして、で、これは、今の言葉で言いますと、平たく言えばガラス箱のようなものでございます。この中に、抱えの女の子が五人なら五人、七人なら七人、店《みせ》を張っております。初回のお客様でございますと、店に座っている女の子を見て、

「そうだね、一番あの右《かみ》の娘《こ》がいいなぁ」

ですとか、

「あのね、下《しも》から二枚目の娘《こ》にしておくれよ」

今の言葉で言いますとこれはご指名でございますが、昔はこれを〝お見立て〟と言ったんでございます。お見立てが済みますと、若い衆が奥に向かって一声高く張り上げて、

「お上がりになるよぉー!」

と、声をかけます。師匠、先輩連中から伺いましたならば、この関東から静岡あたりまでは、〝廻し〟というものをとったそうでございます。例えば一人の女郎花魁のところに、泊まりのお客様が二人か三人、来てしまいますと、決してこれをお断りをいたしません。全部、上げてしまって、本部屋でございますとか、あるいは

廻し部屋にお客様を入れて、花魁のほうがグルグル廻って歩く。これを〝廻し〟と言ったんだそうでして……（笑）。

関西へまいりますと、これは決してなかったものだそうですが……。泊まりの場合、一人のお客様に一人の女郎が朝までつきっ切り、これから考えてみますと、関西の女郎買いのほうが、昔は情があったようでございます。しかし、いくら春を売る商売の女性でも、そこは生身の身体でございます。ついつい自分の気に入ったお客様のところへ入り浸りになり、初回か裏ぐらいになりますと、つい袖《そで》にしてしまう。ですから、昔は我々若い者が集まって女郎買いの話が出ましても、決してモテた話は出なかったそうですが……。

「どうしたい？　この間、何だってな、町内の若い者揃って、吉原《なか》へ遊びに行ったんだってな？　吉原へ」

「いったぁ……」（笑）

「どうだった？」

「驚いた……、三日月女」

「なんだい、その三日月女ってのは？」

「宵《よい》にちらりと見たばかり」（爆笑）
「じゃあ、フラれちゃったんじゃないか？」
「早く言やなぁ」
「遅く言ったってそうだよ（笑）、おい。そっちはどうした？」
「……月食」（笑）
「なんだい、その月食ってのは？」
「まるっきり姿を見せず」（爆笑）
「ひでぇな、おい。面白かったか？」
「おもしれえ訳ねえじゃねえか。高ぇ銭払って遊びに行ったんだい。俺はあんまり癪に障ったからね、帰りがけにね、茶飲み茶碗を五つ持ってきちゃった」
「そっちはどうした？」
「皿、十枚盗んできた」（笑）
「おい、瀬戸物屋に入った泥棒だよ、まるっきり。お前《めぇ》は、どうした？」
「俺はあんまりえげつねえ振り方しやがったから、頭へ来てなぁ。鉄瓶ぶら下げてきた」（笑）

「鉄瓶を……？　よく、あんな大きい物を下げてこられたな？」

「手に下げてくると見っかっちまうからね。弦《つる》のところに紐を通してね、で、首っ玉に結わえて、股座《またぐら》にぶら下げちゃったんだよ（爆笑）。廊下を歩いているときは何でもなかったんだよ。梯子段を下りるときに、ちょいとたくしゃよかったんだ。うっかり、そのまま下りたら、鉄瓶の尻《けつ》が梯子段にトーンとぶつかって、湯がタラタラってこぼれやがんの（笑）。女がそれ見ていて、

『そこで手水《ちょうず》しちゃいけねえ』

って、言いやんの（爆笑）。自分の小便《ションベン》で火傷《やけど》したのはじめてだ、俺は」（爆笑）

「おまえの言うことは大仰でいけねえや（笑）。そっちは、どうした？」

「俺は、あんまり癪に障ったから、金盥《かなだらい》持ってきた」（笑）

「おい、やることが段々大きくなんな。あんな大きな金盥、どうやって持ってきたんだ？」

「背中にしょっちゃったんだよ（笑）。で、着物着て、羽織ひっかけて帰ろうと思ったら、女がどっかで見てやがって、見送りに来やがんの。来なくたっていいものを、『ちょいと、黙って帰るなんて薄情だよ。今度いつ来てくれるんだい？　いつ来る

のさぁ？　いつ来るんだよ？』

背中をポーンと叩きやがった（爆笑）。……悪いところを叩いたよ」

「どうして？」

「だって、背中で、金盥が、ボワァ〜ンって（爆笑）。女は肝を潰しやがって、

『あら嫌だ。今の鐘は何だろう？』

って言うから、

『俺とおまえの別れの鐘だろう』

ってね」（爆笑）

「何をくだらねえこと言ってる」（笑）

「それじゃなんじゃねぇか？　町内の若い者がこれだけ揃っていても、吉原《なか》の女にモテた奴は一人もいねぇんじゃないか？」

「まあ、そういうことになるなぁ」

「おい、

『そういうことになるな』

って、落ち着いている場合じゃねぇぞ。俺たちだけだからいいんだぞ。もしもこ

こに他の町内の奴が交ざっていたら、何て言われると思う？

『あそこの町内の奴らは、いい若ぇ奴らが揃ってたって、吉原《なか》の女にモテた例《ためし》がねぇ』

って、鼻の先でもって笑われてバカにされるんじゃねぇか。祭りのときに、お前《めぇ》、威勢や何かつかなくなっちまう。しっかりしろい！」

「よせよ、兄い。ポンポンポンポン、小言ばっかり言うなよ。俺たちだってフラれたくて行く訳じゃねぇんだよ。モテたくて行くんだよ。どういう訳だか、モテないんだよ」

「しょうがねぇな。たまには吉原《なか》の女の子にモテてモテて、どうにもこうにもしょうがねぇって奴は、一人ぐらいいねえのかな？」

「……こんちは……」

「……なんか変な野郎が入って来やがったな？（笑）。半公《はんこう》じゃねぇか？　どうしたい？」

「……ああ、弱った……」（笑）

「嫌な野郎だな。一人で弱ってんな？　おい。何を弱ってんだよ？」

「皆の前だけどね、俺《おら》ぁ、今日あたり表を歩くっとね、腰がふらついちゃって、まともに歩けないんだよ」

「何かあったのか？」

「……昨夜《ゆうべ》のお疲れですよ」

「大掃除かなんかやったのか？」

「大掃除の疲れじゃないの！　吉原《なか》の女の子にモテてね」

「この野郎！　ネタは上がってるんだぞ！　俺はこの間、なんだぁ、おまえが行きつけの店《うち》に行って聞いたことがあるんだ。お前、何だって言うじゃねえか、あそこの店《うち》じゃ、あんまりいい客じゃねぇっていうじゃねえか？」

「……馴染みの店《うち》じゃないんだよ。昨夜は初回、初回でもっておらぁ、あんなにモテたっていうのは初めてだね」

「お前《めえ》が初回でモテた？　吉原《なか》の女に？　珍しいことがあればあるもんだな……。実はな、これだけ若い者がいたって、吉原《なか》の女にモテたって奴は一人もいねぇんだ。ひとつな、参考のためにお前《めえ》のそのモテた話ってのを俺たちに聞かせてくれねぇか？」

「……弁《べん》じようか？」（笑）

「『弁じようか？』だって、この野郎（爆笑）、嫌《や》な野郎だな！　どういう訳なんだ？」

「実はね、皆の前だけど、昨日ね、おらぁ、腹掛けの丼《どんぶり》に銭がこの二両ばかり入《へ》ぇってたんだ。それから、浅草へ遊びに行った。けど、お前、大の男がひょうたん池の周りをグルグル回ってたって、仲見世を冷やかしていたって、面白くも可笑しくもなんともないよ。しかし、人情だね。浅草ってところへ行って暮れ方になるってぇとね、おれのこの脚（手で脚を叩く）が、自然に北へ北へと向かって行ったな」（笑）

「何だ、赤とんぼみてえな脚だな？　お前《めえ》の脚は？」（爆笑）

「うん、で、吉原《なか》へ行った。で、いつもの店《うち》の前をツッと通り越して、右へ曲がって左っ側の店《うち》だ。あれでも、女の子が、そうだな五人ばかり、張店に座ってたかなぁ。おらぁ、一番、右の女《かみ》に目がついたんだ。千本格子の前に立つっていうと、若《わけ》え衆《しゅう》がこれを見っけてすぐに面倒をみはじめたよ。

『え〜、親方如何でございましょう？　（手を打つ）お遊びのほどをお願い申し上げます』

　って、言うから、

『おう、若え衆、お前《めえ》のところの玉《ぎょく》の値段なんぞ、訊くのも野暮な話だけれども、どのくれえだ？』

　と、訊いたら、

『如何でございましょう。あっさり宇治でも淹れて、七十銭では？』

　と、こう言うから、

『おうっ！　それでいいからってんで、上がる途端に、あとから、ああでもなければ、こうでもねってんで、おらぁ、追い銭は嫌《や》だよ』

　って、言ったら、

『いやぁっ、手前どもの店では決してそういうことはございません。ご安心してお遊びのほどを』

『そうかい！　じゃあ、厄介になろうじゃないか』

『ありがとう様で。

　お上がりになるよぉー！』

って、声を背中に聞いて、幅の広い梯子段をトントントントントントントンって駆け上って、おらぁ、二階のこの引付《ひきつけ》へ通ったんだ。すぐに若い衆が入って来て、

『いらっしゃいまし、ご初回様で？　お馴染み様で？』

って、言ったら、こらぁ、紋切り型だね。

『おい、若え衆、実はおらぁ初回なんだけれど、通ぶってどの女の子でもいいから上げてくんねぇと言って、気に入らねぇ女が来て、ツーンとするのも野暮な話。岡惚れしている娘《こ》がいるんだけれど、上げてくんねえか？』

ったら、

『ええ、どのお娘《こ》さんでもお取り持ちをいたしましょう。どのお娘さんでいらっしゃいます？』

ってぇ、言うから、

『一番右《かみ》にいた娘《こ》を上げてもらいたい』

って、言ったら、

『承知いたしました』

若い衆は下へ降りていく。入れ違いにおばさんが、お番茶の出涸《でが》らしを持って来

たって奴だ。なっ？　俺がそのお茶を飲んでいるっていうと、廊下でもって、バターンバターンと上草履《うわ》の足音がしてきたよ。女が来たなと思って待っていると、引付の境の障子が、ツッと開いて、女が一歩引付に入って、座っている俺の顔を見ると、途端に、

『きゃぁぁぁぁぁぁ』

って言うと逃げ出していった」(笑)

「ああ、そらぁ、分かるな、それは(笑)。大概の者は、お前《めえ》の面《つら》を初めて見りゃぁ、ビックリするよ(笑)。よく、目を回さなかったなぁ？」(笑)

「余計なことを言うなよ、本当に(笑)！　暫くするってぇと、その女がまた入《へ》えって来たんだけど、そういう大きな声を出したために、座は白けっ放しだよ。すぐに、お引けっていうことになって、俺が女の部屋に通されて、座布団の上に座るっていうと、女が俺の目の前に座りやがって、

『さっき、お前《ま》はんは引付でもってあたしが、お前はんの顔を見てあんな大きな声を出したんで、さぞビックリしたでしょうね？』

って、言うから、

『ビックリするよぉ！　いきなりあんな大《でけ》え声を出すんだもん。どういう訳で、ああいう声を出したんだ？』

　ったら、

『初回で、話もなし寝るのもなんだから、あたしの話を聞いてくれようか？』

　って、言うから、

『うん、聞こうじゃねえか。おらぁ、女の話ってのは親身になって聞く心根《たち》だから』

　って、そう言った」

「上手えこと言いやがったなぁ、この泥棒は（笑）。で、どうしたぁ？」

「さあ、そこで、女の言うことにゃぁ」

「さの、言うことにゃぁ」（笑）

「何だよ、歌の文句だよ（笑）。

『実はあたしは東京の人間ではございません。静岡の在《ざい》の人間でございます。村の若い者といい仲になりまして、末は夫婦と約束をいたしました。けど、向こうは一人息子、こちらは一人娘、嫁にも行かれなければ婿にも来られないという身体、無分別なことに終いには二人で、親の金を盗んで、手に手をとってこの東京へ逃げて来ました。金のある内は、あっちに遊び、こっちに泊まり、面白おかしく暮らしておりましたが、終いには一銭も残らずにスッテンテン、あるときの相談に男があたしに、ここにまとまった金があればそれを元手に商売が出来るんだがと言う為に、あたしはこの吉原に身を沈めて金を拵《こしら》えて男に貢《みつ》いでやりました。男はその金を元手に商売をし始めたようです。最初の内は手紙のやり取りもしておりましたが、段々段々遠のいて、終いにはバッタリといたちの道。あたしが傍にいないから、他に恋人《いいひと》でも出来たのかな？　薄情なもんだと人をもって尋ねてみると、どっと病の床に就いているということ。飛んで行って看取り看病もしてやりたいけれど、それも出来ない籠の鳥、終いには神信心《かみしんじん》まで始めましたけれども、その甲斐もなく情けない。男はとうとう死んでしまいました』

って言うんでね。その女が俺の目の前でぽろぽろぽろぽろ泣き出してやがんの……」

「おい、半《はん》ちゃん、待てよ。半ちゃんちょいと、待ちなよ、おい。ちぃとそりゃぁ、話が違うぞって、おい。モテてやしねえじゃねえか（笑）？　モテてないよ。女ののろけを聞かされてるんだよ。モテても何にもいねぇじゃねえかよ」

「急《せ》くな、急《いそ》ぐな、あわてるなってんだよ（笑）。話はこれからなんだから、『今日も今日とてボンヤリと張店に座っていると、初回でお名指しという為に拠《よ》んど所《ころ》無《な》く二階《うえ》まで上がって行って、引付の境の障子を開けて一歩部屋に座っている男の顔をヒョッと見ると、そこに死んだ男が座っていた為に、あたしは、あんまりビックリして、ああいう大きな声を出して逃げ出しました。けど、考えてみると死んだ人間が生き返る訳はなし、身共心《みどもこころ》を取り直して再び引付へ通って、よく見たならば、そこにいたのがお前《ま》はんなんだよ。お前はんは、死んだ男に瓜割らずして、そっくりなんだよぉ～』

てんでぇ、エヘッ、……女がそう言うんだぁ」（笑）

「……ぅぅぅうん（笑）、ぅぅぅ、なるほどぉ、で、どうしたい？」

「『死ぬ者貧乏でしょうがない。あたしは今日を限りに、この牛を馬に乗り換えて、お前はんに尽くすけれども、お前はんはあたしのような女のところにでも通って来てくれようか？』

って、言うから、

『来るよ！　俺、花魁だったら喜んで通って来ようじゃねえか』

って、言ったら、

『本当かい？　それが本当だったら嬉しいねぇ』

ってんで、ウフッ、でね、俺のこの腿《もも》ったまのところをギュッと、こうやって抓《つね》りやがんの」

「ううううん……（笑）、うううううん……」（笑）

「おい、大丈夫だろうなぁ？　おい、喰いつくんじゃねえだろうな？」（笑）

「おい、余計なことを言うない。で、どうしたい？」

「で、

『あたしは来年三月この里から年が明けます。年が明けた暁には、お前はんのところへ行って所帯の苦労がしてみたいけれども、お前はんは、あたしのような女でも、おかみさんにしてくれようか？』

って、言うから、

『するよ！　おらぁ、花魁だったら喜んで女房《かかあ》にしようじゃねぇか』

って言ったら、

『本当かい？　それが本当だったら、嬉しいね。けど、あたしはそうなると心配なことが一つあるんだよ』
って、言うから、
『おう、花魁、お前《めぇ》、何が心配なんだ？』
って、訊いたらば、
『女というものは老けやすい性質《たち》……、所帯の苦労や何かでどんどんどんどん老けていく。そこへいくと男というものは、暢気者《のんきもの》で歳知らず。歳をとってしまったあたしに愛想が尽きて、町内の若い娘といい仲になって、お前はんはあたしを捨てるんじゃないか？　それを思うと悲しくて悲しくて……』
ってんでね、またその女が、ぽろぽろ泣きだしゃがんの……。ヒョッと見ると
な、女の目尻《ここ》のところに急に黒子《ほくろ》が出来た」（……笑）
「何だよ、その急に黒子が出来たっていうのは？」
「で、見ている内に、この黒子が下へ下がって来るんだよ」（笑）
「……珍しい黒子だな（笑）。何だよ、その下がる黒子ってのは？」
「で、よぉーく見たらな、おう、バカにしてんじゃねぇか！　女の横のところに茶飲み茶碗が置いてあるんだよ（笑）。中にいっぱい茶が汲んであるんだよ（笑）。女

が泣く真似しやがって指先に茶をくっつけちゃ、一所懸命こんなことやって（笑）、擦《なす》ってんだよ（爆笑）。悪いことは出来ないね。浮いてる茶殻を指先にくっつけて、目尻《ここ》へくっつけた。で、後から後からお茶を擦り付けるもんだから、だから、この茶殻が段々下へ下がって来るんだよ」（爆笑）

「なんだよ、それ。俺は多分そんなこっちゃないかと、思ってたんだよ……、で、どうしたい？」

「一時は腹を立てたよ。けど、よく考えてみるってぇと、こりゃぁ、フラれている訳じゃねぇじゃん。モテてんじゃねえか。今、無闇に腹を立てちゃ損だというのは、未だ、夜明けには間があらあ」

「うわ、嫌な野郎だね、こいつは」（爆笑）

「で、俺《おり》ゃぁなんだよ、その女の言ったことを天から信じたような顔をしてよ。上手く丸め込んだ為に、今日はお前《めえ》なんだよ、表を歩くっていうと、腰がふらついてよ。おてんとうさまが黄色いの通り越して、橙色に見えると、こういう訳だ」（笑）

「吉原《なか》の女にしちゃ、珍しいなぁ？」

「珍しい。俺も随分遊びに行ったけどな、あんな女に会ったのは初めてだ」

「俺も聞いたのが初めてだ……、ハッ！　半ちゃん、半ちゃん」

「何だ、金さん？」

「おめえなにかい？　その女、これからもずっと買うつもりか？」

「冗談言うねぇ！　あんな水臭えじゃない、茶っ臭え女、一遍こっきり捻《ひね》りっ放しだよ」

「じゃあ、俺が遊んでも、お前《めえ》、文句言わねえか？」

「言わない！　たまには行って遊んでみな。面白いよ、ああいう女も」

「で、なに、半ちゃんのいつもの店《うち》の前を通り越して、右へ曲がって左っ側の店《うち》。……店の名前は何ていうの？」

「店の名前か？　『安大黒楼《せこだいこくろう》』ってんだ」（笑）

「……安大黒楼……（笑）、変な名前だね。で、女の名前は？」

「『青紫』ってんだよ」（爆笑）

「なんか、病人だね、おい（笑）。分かる？」

「分かる。一目で分かるよ。うん、眼が細くて、額が抜け上がってってね（爆笑・拍手）。なかなか愛くるしい顔してらぁ（爆笑）」

「うるせぇなぁ。額が抜け上がって愛くるしいのなら、歌丸が愛くるしいの代表みてぇなもんじゃねえか（爆笑・拍手）。売り込むな！」

「そうかい、ただ、色は白いよ」

「それで、色が黒かったら取り柄がないよ、本当に（爆笑）。じゃあ、おらぁ、遊んでくるから」

「うん、一所懸命、モテて来なぁ」

「どうも、ありがとう！

（独り言）ありがてぇ、ありがてぇ……、こうなるとなんだよ。他人の二番だって、三番だって構やしねえんだよ。このところズゥーッと女日照りが続いているんだからなぁ。はぁー、ありがてぇ、イイこと聞いたぞ。さぁ、いつもの店《うち》の前を通って右へ曲がって左っ側の店《うち》、ここだね、うん……。なるほど、いるね。眼が細くて、額が抜け上がっている……、何かダボハゼみたいな顔した女だね（爆笑）。面《おも》白《しれ》ぇ面してやんな」

「え〜、親方如何でござんしょう？（手を打つ）ええ、お遊びのほどをお願い申し上げます」

「若え衆《わけし》さん、おめえのところの玉の値段なんぞも訊くのも野暮な話なんだけども、いくらぐれえだ？」

「あっさり、宇治でも淹れて、七十銭ということでは如何でございます？」

「それでいいからって、上がる途端に、追い銭は嫌だよ」

「いいえ、手前どもの店では決してそういうことはございません。ご安心してお遊びのほどを」

「ああ、そう、じゃあ、厄介になろうじゃねぇか」

「ありがとう様で。

お上がりになるよぉぉぉ〜！」

「どっこいしょっと……、さあ、引付に通ったぞ」

「いらっしゃいまし、ええ、ご初回様で？　お馴染み様で？」

「若え衆さん、実はおら、初回なんだけど、通ぶってどの女でもいいから上げてくんねぇって言ってね、気に入らねぇ女が来て、ツーンとするのも野暮な話。岡惚れしている娘《こ》がいるんだけど、上げてくんねぇかな？」

「えっ、どのお娘《こ》さんでも、お取り持ちをいたしましょう。どのお娘さんでいらっしゃいます？」

「一番右《かみ》にいた娘《こ》を上げてもらいてぇ」

「『青紫』さんでいらっしゃいますな（笑）？　承知いたしました。しばらくお待ちを！」（笑）

「（独り言）若え衆は、下へ降りて行ったぜ。

あ。おばさんかい？　ご馳走様。お茶を淹れて来てくれたの？　いただきます。

ああ、なるほど、これは番茶の出涸《でが》らしだ。馬の小便だ。ただ、色が着いてるってだけだ。

今度埋め合わせするからね、おばさんね。

（一口茶をすする）うん、うん、お茶の味なんぞありゃしねぇ。……廊下で、バタンバタンと上草履の足音がしてきたねぇ……、フフ、女来たんだね。境の障子が開いた。女が入《へ》えって来た。

ワァーッ！（倒れる）」（笑）

「……この男《ひと》は、いきなりあたしの顔を見て大きな声を出してぇ……（爆笑）。どうしたの、お前《ま》はん、青い顔してさぁ。顔の色が悪いけど、どうかしたの？」

「あの、花魁、おらぁ、妙な気分になっちゃった（笑）。お引けにしようじゃねぇか？」
「そのほうがいい、そのほうが。こっちへいらっしゃい。そこへお座んなさい。……どうしたの？」
「花魁、今、俺が引付でお前《めえ》の顔を見て大きな声を出したときには、さぞお前《めえ》はビックリしたろうな？」（爆笑）
「そら、いきなりあんな大きな声を出すんだもの、ビックリするよ。どういう訳であんな大きな声を出したの？」
「初回で話もなし、寝るのもなんだから、俺の話を聞いてくれようかな？」（爆笑）
「あっ、なんか話があるの？　ああ、そう。話があるんだったら聞きましょう、うん。で、一体どういう話？」
「実はおらぁ、東京の人間じゃねぇんだよ（笑）。静岡の在の人間なんだよ。村の娘っ子とイイ仲になって、末は夫婦と約束をした。けどこっちは一人息子、向こうも一人娘。嫁にも来られなければ婿にも行かれないという身体。無分別なことに終いには、二人で親の金を盗んで手に手を取ってこの東京へ逃げてきた。金のあるうちはあっちに遊び、こっちに泊まり、面白おかしく暮らしていたけれども、終いには一銭も残らずスッテンテン。あるときの相談に、俺が女に、

『ここにまとまった金があれば、それを元手に商売が出来るんだが』

と、言ったらば、女がこの吉原に身を沈めて金を拵えて俺に貢いでくれた。俺はその金を元手に商売をし始めた。最初の内は手紙のやり取りもしていたけれど、段々段々遠のいて終いには、バッタリといたちの道。

『ああ、俺が傍にいないから、他に恋人《いいひと》でも出来たのかな？』

と、ふと思って尋ねてみると、どっと病の床に就いているということ（笑）、飛んで行って看取り看病もしてやりたいけれど、それも出来ない籠の鳥、終いには神信心まで始めましたけれども（笑）、その甲斐もなく情けねぇ。女はとうとう死んじまったんだよ」（……笑）

「……あ、そう（爆笑）、そうなの、ふ～ん。で、どうしたの？」

「え～、今日も今日とて何だよ、友達に悪く誘われて、この吉原《なか》に遊びに来て、途中で友達に逸《はぐ》れちまって、あっちへ行ったら会えるかしら、こっちへ来たらば会えるかしら、ここの店《うち》の前まで来るとつい俺はフラフラ～っと、上がる気になっち

まったんだ。引付でぼんやり座っていると、境の障子が開いて女が入って来た。その入って来た女の顔をヒョッと見ると、その死んだ女が入って来た為に、おらぁ、あんまりビックリして、ああいう大きな声を出したんだい。だけど、気を取り直して考えてみると、死んだ女が生き返る訳がねぇやな。身共心を取り直してよぉ〜く見たらば、それが花魁、お前《めえ》だったんだよ。お前《めえ》は、死んだ女に瓜割らずしてそっくりなんだよ」（笑）

「ああ、そう（笑）、……そうなの、へえー（笑）、で、どうしたの？」

「死ぬ者貧乏でしょうがねえ、俺は今日を限りに牛を馬に乗り換えて、お前《めえ》のところに通ってくるけれども、お前《めえ》は、俺のような男でも客にしてくれようかなぁ？」

「そりゃ、お前《ま》はんが通って来てくれてさぁ、『うーん、この男《ひと》は』と思ったらねぇ。あたしゃぁ、お前はんにどんなことでもするよ」

「そうか、ありがてぇなぁ。ところで、花魁、お前《めえ》の年明けは何時《いつ》だ？　えっ、来年の三月？　どうだろうなぁ？　年が明けたら俺のところに来て、所帯の苦労をしてくんねえかな？」

「そりゃぁ、お前はんが通って来てくれててさあ、『この男《ひと》は』と、的を射たらば、お前はんのところに行って、所帯の苦労だって何だってするよ」

「そうか、ありがてぇなぁ。けど、おらぁ、そうなると、心配《しんぺぇ》なことが一つあるんだよ」（笑）

「何が心配なの？」

「何が心配なのって、お前、男は老けやすい性質《たち》だよ（爆笑）。所帯の苦労や何かで、どんどんどんどん老けていく。そこへいくと女というものは、暢気者で歳知らずだ（笑）。歳をとった俺に愛想が尽きて、クスン、お前は町内の若い奴と手に手を取って逃げ出して（笑）、クスン、おらぁ、お前に捨てられるんじゃねえかと、グフ、それを思うと、クスン、悲しくて、悲しくて……、おい、花魁？　お前、急にパッと立ち上がって、どこへ行くんだよ？」

「待ってなよ。今、お茶汲んでやるから」（爆笑・拍手）

終演

夫婦円満とは？

一九八〇年一月三十日　イイノホール
にっかん飛切落語会　第五二夜『おすわどん』のまくらより

まあ、我々が生《せい》あって、この世の中にオギャーと父の体内から生まれて、……いやいや、父の体内じゃない（笑）、父の体内から母の体内に移って（笑）、で、男性としてこの世に誕生をし、女性としてこの世に誕生をし、そしてある時期になりまして、最大の、このう、政《まつりごと》といいますか、結婚ということがございます。で、一旦ご夫婦になりまして、一番の幸せは何かと思いましたらば、夫婦円満ということでございます。で、まあ、最近ではあまりこういうご夫婦もいなくなったそうですが、昔は、旦那様が、奥様を呼ぶときに、天から名前なんぞを忘れてしまって、

「オイ！」

という呼び方をしたご夫婦がいるそうです。こうなりますと、おかみさんのほうでも負けていませんでして、

「何だ？　ヤイ！」（笑）

ってなことを言いまして。

「オイ！」

「ヤイ！」

「オイ」と呼び「ヤイ」と応えて五十年なんてぇのがありますけれど（笑）。これも、まぁ、円満の一つの秘訣ではないかと思っておりますが……。

で、新婚時代というものは、なかなか、お互いの気持ちが分かっていそうでも、旦那様は奥様の気持ちも分からないし、奥様も、旦那さんの気持ちというものが分からない。ただ、結婚出来て、「嬉しい、嬉しい」と上辺《うわべ》だけの喜びでもって毎日を過ごしておりますが、ご夫婦も段々段々、お古く夫婦をやってますと（……笑）、意思の通じ合いというものが……、昔から、目は口ほどにモノを言うというのでもって、この通じるようになるそうでございます。

例えば、結婚をして二十年以上経ちますと、奥様と旦那様がいまして、旦那様が、「傍《そば》にある煙草をとってもらいたいなぁ」と思った。新婚時代ですと、「煙草をとって」ってなことを言うんですが、二十年以上経ちますと、こういう口を利かなくてもすぐに分かるそうですね。眼でもって奥さんに、ヒョッとこうやってやると（笑）、で、奥さんのほうでも、「ああ、こりゃ、煙草が欲しいんだなぁ」って思って煙草をとってくれる。「お茶が飲みたいなぁ」って思って、ヒョッとこうやって見ると、「ああ、こりゃぁ、お茶が飲みたいんだな」っと思ってちゃんとお茶を淹れてくれる（笑）。こうならないと夫婦も一人前ではないそうでございます。

実を言いますと、去年の十一月であたくしも結婚二十三年目を迎えましたので、もうそろそろ奥《かみ》さんもこっちの気持ちが分かってくれるだろうと思って、カカアと二人でいたときに、煙草をとってもらいたかったものですから、目配せをしてみたら（……笑）、

「……何？　歯が痛いの？」（爆笑・拍手）

って、「歯が痛いの？」って言われりゃ、どうにもしょうがないですけどね（笑）。未だ意思の疎通というものは全然出来ていなかったのでございます。とにかく、この円満ということが一番いいことだそうでございますが……。

江戸時代でございます。阿部川町に呉服商を営んでおります上州屋徳三郎という方がいたそうでございます。おかみさんの名前をお染さんといいまして、この

ご夫婦がたいそう仲のいいご夫婦でございます。ご案内の通り昔は、「男女七歳にして席を同じゅうせず」という野暮なことを言っていた時代に、この徳三郎、お染夫婦というこの二人は、何をするんでも、どこへ行くんでも、お互いにこの手を取り合って、かばい合いながら行動をともにいたします。お店の方々も近所の人たちも、羨ましいのが半分と妬《や》っかみが半分でこのご夫婦を見送っておりまして……。

ところが、このお染さんがふとした風邪がもとで、どっと病の床に就きまして。仲のいいご夫婦でございますので、旦那様の心配は並大抵ではございません。「医者よ。薬よ。看病よ」と、八方手を尽くしたのでございますが、病はどんどんどんどん重くなるばかり。終いにはお医者様も、こう、小首を傾げるようになりました。この世の中で何が絶望的だといって、医者が首を傾げるぐらい絶望的なことはございませんですな（笑）。

もっともこれもあんまり当てにならないというのは、あたくし十二月に経験をしたことがございます。胃痙攣《けいれん》をおこしました。初めてでございました。七転八倒の苦しみをして、で、翌日、かかりつけのお医者様のところに行こうと思いましたならば、ちょうど休診日にあたったものですので、人に紹介をされまして、初めてのお医者様にあたくし行きました。待合室でもって痛みをこらえて待っておりますと、

「どうぞ、お入りください」

って、呼ばれたものですから、診察室にスッと入って行きましたならば、その先生があたくしの顔をヒョッと見て、……小首を傾げるんです（笑）。ドキッと来ました、これは。で、

「診察しますから、どうぞベッドに寝てください。上半身裸になって」

しょうがない、上半身裸になってベッドに寝ましたならば、聴診器で診ながら、のべつ首を傾げる（笑）。これは、あたしは、ダメだと思いました（笑）。すぐに家へ帰って遺書を書こうと思いました。あとで、よぉーく訊いてみましたならば、この医者、首の筋にひきつけを持ってたんですなぁ（……笑）。こういうのに、あんまり医者になってもらいたくねえと思って（笑）、こういうことで、つくづくそう思いましたけれどね（笑）。

『おすわどん』に続く

噺家と質屋

二〇一五年十二月四日　イイノホール
にっかん飛切落語会　第五六夜『質屋庫』のまくらより

ただ今の（『反対俥』五街道雲助）は、まぁ、聴いているだけでくたくたに草臥《くたび》れるようなお噺で（笑）、楽屋の袖で聴いてまして、あたしのほうが息切れしてきたような気がします（笑）。

大変に今年は陽気が不順でございまして、なんか夏の入り口のような日があるかと思うと、冬の出口のような陽気になったりなんかいたしまして……。一昨日は埼玉県のほうに、遅霜が降りたそうでございます。大根に大変被害が出たそうでして、女の方はお気をつけになっていただきたいと思います（笑）。深い意味があって言った訳でも何でもございませんで（笑）。

まあ、「風邪が下火になった。下火になった」と、安心をしておりましたら、下火になった風邪をどうやらあたくしは拾ったらしくて、いやに鼻声でございまして……、女の方の鼻声ってのはたいそう色っぽいのでございますが、男の鼻声なんてのは、まあ、色っぽくもなんともございませんでして……。お聞き苦しい点がございましたら、一つお詫びを申し上げておきますが……。

我々落語家が、まあ、師匠の下に入門をいたしまして、落語家の修業というのをし始めますが、まあ、ご案内のお客様もいると思いますが、一番先に楽屋で言われるのが、〝見習い〟という言葉で呼ばれます。それから、前座になりまして、二つ目となって、いよいよ待望の真打ということになる訳でございますが、まあ、見習い・前座の間《うち》は、師匠から噺を教わりましたり、先輩諸氏から楽屋でもって噺家の仕来《しきた》りというものをいろいろと教わるのでございますが……。

で、二つ目になりましたときに、師匠だの、先輩連中から教わらないでも、ひとりでに覚えることが唯《ただ》の一つだけございます。どういうことを覚えるかと申しますと、質屋通いということを、……まあ、我々落語家大概の者が覚えまして、……いろいろなおつき合いがございます。

特に盆暮れのおつき合いというのをしなくちゃなりませんですから、で、そういうときにお金がない。と、手っ取り早くお金を借りられるのが、質屋さんでございます。ただ今は、なんかサラ金なんてものが、大変多くあるようでございますが、あんな薄情なもんじゃございませんでして、質屋というものは大変人情味がございます。

と、何か持って行ってお金を借りる訳でございますけれども、持って行くと言いましても大したものは持っていませんでして、大概、この紋付の羽織袴でございます。我々落語家の作業着でございます（笑）。これを持って行ってお金を借りて来る訳ですけれども、これはなかなか借り難《にく》いものでございます。

普通の質屋さんと公営の質屋さんとがございます。普通の質屋さんでございますと、利子が大変に高《たこ》うございますので、公営の質屋さんにまいります。普通の質屋さんの利子が九分。で、公営の質屋さんの利子が三分。これ、月でございますな。と、これはやっぱり三分の利子のほうが、これ、大変に安いですから、……質屋に入り難いですね、やっぱり。入る前に必ずあたりをキョロキョロ見回しまして、「誰か見てやしないかなぁ」って思って、他人の途絶えたのを見透かしといて、スゥーっと入って行って、

「すいませんけれど、これでいくらいくら貸してもらいたいのですが」

っと言って借りて、今度は出るときも、もう一遍周りを見ますね。

「誰か知っている奴に会やしねえかな」

「知ってる奴に会って、たかられちゃうと、えれえことになるから」（笑）

なんのことぁない、噺家が質屋に行くんだか、泥棒が逃げていくんだか、訳の分かんないような恰好をしてましてね……。あるときわたくしは公営の質屋の親父さんに言われました。これは大変に温かい言葉でございました。

「歌丸さん、自分のものを持ってお金を借りに来るんですから、遠慮をすることはありません。もっと堂々といらっしゃい」

ということを言われました。このときは嬉しかったですね。その次にあたし、行ったときですよ。質屋の戸をガラッと開けて、

「また借りに来たんですが！」

って言ったら、

「そんなに堂々と来ることはない」

って、言われましたけれどもね（笑）。

で、まあ、例えば、一万円なら、一万円借りて、まぁ、一万円の他に利子を払って預けた品物を受け出して来る訳でございますけれども、三月《みつき》経つと流れてしまい

ます、普通の質屋さんでございますと。公営の質屋が確か半年だったと思いますが、で、そのときに一万円のお金がないと、利子の分だけ持ってまいりまして、この、〝利上げ〟というものをしておきます。これは流れないでそのまま留まっている訳でございますが、随分わたくしなんかも考えてみますと利上げをいたしましで……。長いこと質屋さんの庫《くら》にご厄介になっていた着物なんていうのが未だに残っておりますが……。

まあ、ただ今でも質屋にいらっしゃる方がいるそうですが、今はもうお金が目的ではないそうでして、革製品か何かを保管の意味でもって質屋さんに預ける方が多いそうですが、昔はこの質屋さんというもの、たいそう、大流行した時代があったそうでして……。

『質屋庫』へ続く

人とは迷うものでして

一九八〇年八月十六日　イイノホール
にっかん飛切落語会　第五九夜『いが栗』のまくらより

暫くの間、おつき合いのほどをお願いを申し上げます。

まぁ、人間というものは何か迷うということを、よく言うようでございます。なんにでも、この迷うということがあるようですが、例えば食べ物を食べに行きましても、まあ、「これを食べよう」と決めて行けばそれでよろしいのですが、デパートの食堂なんか行きますと、迷うことがございますね。ウインドウの中に蠟細工のサンプルがズラッと並んでいる。見るもの見るものみんな美味しそうに見えます。この間も銀座のあるデパートで、アベックの方が随分迷っているのを見たことがございます。

「ねえ、アキオさん。ここにあるさぁ、カツライスっての、とても美味しそうじゃないの？」

「うん、そう言うけどね、こっちにある鉄火丼も美味しそうだね」

「でも、こっちのスパゲティも美味しそうよ」

「うん、エビフライも美味しそうなんだよ」

「何にしましょうか？」

「うーん、じゃあ一遍家へ帰って考えようか？」

って、帰っちゃった人がいますけれどね（爆笑）。

何か物を買うときにも、迷いますな。これはもう我々人間の常識でございまして、一円でも安いものを買おうという……。で、お店のほうでも隣近所の店《うち》よりもなるたけ多く売ろうというのでもって、いろいろと気を遣って迷うことがあるそうです。

まあ、こんなことは滅多にないだろうと思いますけれども、あるところで三軒並んで鞄屋さんが店を開店したところがあったそうでございます。これは買うほうも迷いますけれども、お店のほうでも随分迷うんじゃないかと思います。何に迷ったかと言いますと、看板の出し方を非常に迷ったそうでして。で、いろいろ考えた結果、一番左にある鞄屋さんは、「日本一安い鞄店」という看板を揚げたそうでございます。そうしたら、右の鞄屋さんは、「世界一安い鞄店」という看板を揚げたそうです。で、真ん中がよぉーく考えて、「ここが入り口」という看板を出したそうでございます（爆笑）。これはまぁ、売るほうが随分迷ったんじゃないかと思います。

釣りが好きなもんでございますので、よく釣りに出かけますけれども、たまに道に迷うことがございます。一遍、ヤマメを釣りに行きまして、道を歩いていて、他人《よそ》の農家の庭先に入っちゃって、犬に吠えられて這《ほ》う這《ほ》うの体《てい》で逃げたことがございます。

まあ、いろいろと迷うということ。中でも道に迷うということが、一番心細いのではないかと思っております。

『いが栗』へ続く

歌舞伎のすすめ

一九八一年五月十九日　イイノホール
にっかん飛切落語会　第六八夜『鍋草履』のまくらより

まぁ〜、普通の方でもそうでしょうけども、我々落語家の名前の付け方というものは「難しいなあ」というのを、今、つくづく感じまして……、賀楽太《がらくた》（現・三遊亭楽之介）ってんですからね（笑）。付けるほうも付けるほうだけど、付けられたほうも付けられたほうじゃあない……。

二、三日前に一緒に、賀楽太さんと岡山へ行きました。およそ呼び難《にく》い名前ですね、新幹線の中じゃあ、

「円楽さん！」

とかですね、

「九蔵《くぞう》さん！」

とかなんてのは、呼びやすいですけどね、

「賀楽太！」

ってのは呼び難いですね（爆笑）。屑屋がみんな返事するんじゃねぇかって思ってね（笑）。

まあ……もっとも、次の圓生を継ぐのは、賀楽太さんじゃあないかなと、わたくしは信じております（爆笑・拍手）。すると、皆に言われるんです。

「前の圓生は、良かったね」（笑）

って、だから皆さん方も、お子さん方に付けるお名前というものは、やっぱりよーくお考えになったほうがいいですね。

わたくしが噺家になりましたのが、昭和二十六年の十一月の二十二の日でございました。師匠・米丸の門を叩いて、噺家の第一歩を踏み出しました。ですから今年の十一月の二十二日が来ますと、噺家生活が三十年経ちます。歳は四十五でございますが、中学三年在学中に、わたくしは噺家になりました。歳が四十五になって、噺家になって三十年経って、まだまだ呼ばれます言葉が〝若手〟でございます。なぜかといいますと、噺家の世界は年寄りが、無駄に丈夫でございますから（爆笑・拍手）。

林家正蔵改め林家彦六師匠は、八十六歳におなりになって、未だに現役としてご活躍なすってらっしゃる。

「(彦六師匠の口調で) ごぉ苦ぅ労ぅさぁまぁぁ」

って(爆笑・拍手)。まあ、あそこまで生きてくだすったなら、もっともっと長生きをしていただいて、まあ我々噺家のお手本として、いろいろなことを教わりたいと思っております。

わたくしが噺家になりましたときに、わたくしの大師匠にあたります五代目の古今亭今輔に言われまして、……どういうことを言われたかと、いいますと、

「落語家となったら、芝居をおおいに観ろ」

ということを言われました。それも「歌舞伎を観ろ」と。で、役者衆ですとか、芝居の筋なんぞはどうでもいいっていうんですね。

「じゃあ、どういうところを観たらよろしいんですか?」

と伺いましたらば、

「役者衆のこのセリフのやりとり、あるいは、この、入ります鳴り物、間《ま》ですとか、きっかけというものを、よ~く、頭の中にいれておきなさい。落語をやるについて大変に勉強になる」

と、いうことを言われました。まあ大師匠に言われたんですから、苦しい最中、随分歌舞伎の三階席に通いました。正直なことを言いまして、最初のうちは何が何だか訳が分かりませんでした。ところが通って行くうちに、段々分かるようになり、面白くなってきて、今は、もう、だいたい月に一遍は、必ず歌舞伎を観に行くようにしております。で、今の若い方々に、

「歌舞伎、観に行かねえか？」

って言うと「嫌だ」って言いますね。「何で嫌だ」って訊くっていうと、

「まどろっこしい」

って言うんですね。

「一つ笑うのに、十分かかるような芝居は嫌だ」

ってんですね（笑）。なるほど言われてみりゃその通りで、歌舞伎《むこう》は大仰に笑いますから。笑うんだって安直には笑いませんからね、

「んふぅう……、あはぁ……、あはぁあ……、あはぁあぁあぁ！」

って、十分かかりますよ、こりゃ（爆笑）。あれが、良いところじゃないかと思うんですが、じゃあ今の時代に合わして、歌舞伎の役者が舞台でもって普通に笑っ

ちゃったら、こりゃどうも具合が悪いと思いますな。とんからっと見得を切っといて「ぬははは」となったら、なんだか噺家みたいになっちゃって、こりゃどうも具合が悪い。

お客様方も、随分お芝居を観に、お好きな方はお出かけになると思います。で、あの帰りがけの雰囲気というものも、またいいもんでございます。まあ、出し物によってもだいぶ違うんでございますが、大概この最後に役者衆が舞台の上でとんからっと、見得を切る。チョンと、木が入って幕が閉まりますと、楽屋のほうで〝追い出し〟という太鼓を打ちます。こりゃ寄席のほうも同《おんな》しでございます。「本日は、ありがとうございました」という太鼓でございます。この太鼓を背中に聞きながら、歌舞伎なら歌舞伎座の玄関を出て行く。

「あ、また来月来よう」

という気になります。だからあの歌舞伎のほうというものは、幕切れというものがはっきり分かりますけれど、およそ分からないのが新劇というやつでございます。お差し支えがありましたら、お詫びを申し上げときます。

二十年前に観た新劇で、未だに分からないってのがある。六本木のほうへ観に行きました。で、頭はといいますと、ちょんまげの鬘《かつら》を被っていました。で、着ているものは、洋服を着ていました。ですから、江戸から明治になった御一新当時のネタじゃあないかと、わたくしは思うんですけれども、と、役者が舞台の真ん中に出てきまして腕をこう組んで、客席の七三をジィーと見上げて、

「おお日本の夜明けだ」

って、木久蔵（現・木久扇）みたいなことを言うんですわな（爆笑）。と、幕がスーと閉まる。チョンでもなけりゃスンでもない。で、わたしゃこのあとがあると思って、椅子に座って、ジィーっと待ってましたらね。暫く経ったら、箒と塵取りを持ったおばさんが後ろに立って「終わったよ」って言うんですね。二十年経って未だに幕切れがよく分からん。こういうのはあんまり観たくないと思います。

近頃、歌舞伎座に行って気がついたことがございます。女の方が随分多く観劇にいらっしゃってますね。今日は特別に旦那様方に一言ご注意を申し上げておきますが、奥様方をあまりこの歌舞伎を観せにやらないほうがいいらしいですね。なぜかと言いますと、役者っていうと綺麗です。噺家っていうと、汚く聞こえますね（笑）。あっ、別に汚かないんですよ、毎日お風呂へ入ってますから（笑）。猿股《さるまた》

だってちゃんと取り替えてますから（笑）。

内輪話を申し上げますが、歌舞伎の役者衆というのは、わたくしに言わせれば卑怯だっていうんですね。みんな顔に人工的な美を装って舞台へお出になります。顔に仕掛けが出来るんですな、向こうの方々は……。例えば目尻の下がってる役者でございますと、〝目つり〟とかいうのでもって、目を上へ上げてしまう。鼻の低い役者は、〝盛鼻《もりばな》〟とかいうのでもって、鼻を高くみせる。わたくしみたいに頰のこけてる者は、含み綿というのを入れまして、頰をふっくらと膨らまして見せる。顎の長《なげ》え奴は、削いじまう……（爆笑）、これは、そうはいかないんでございますけどね。

後ろの背景が変わります。ですから人工的な誤魔化した美しさを見て、お嬢様方でも奥様方でも満足をしてらっしゃる。素顔を見たらば、たいして我々噺家と変わりません（笑）。だから、あのぅ、「玉三郎が綺麗」だなんだって、よく仰いますけれども、人工的な美を施すから美しく見える、素顔を見てごらんなさい、一遍だけ、わたくしは見たことがありますけれども、いやにのんべんだらりーんとしてて（笑）、なんか夏場の千歳飴みてえな顔してますがね（爆笑）。

だからそこいきますと、我々噺家は正直ですね。素直なまんまで販売をしておりますから。これから終いまで観ていってごらんなさい、ロクな顔は出て来ませんから（爆笑）。普段だって造作が壊れてる。そりゃお客様方に笑われようというので、造作のぶち壊れ放題（笑）。

だから歌舞伎から帰ると、奥様方は自分の旦那の顔がハッキリ見えなくなってくる。かすんで見える。その代わり寄席からお帰りになると、旦那の顔がハッキリ見えることになる。寄席から帰って旦那の顔がぼやけるようだったら、別れちゃったほうがいいです（爆笑）、これは。先の望みなんてのは何にもないと思いますけれどね。

一遍、木久蔵を連れて、わたくしは歌舞伎を観に行ったことがある（笑）。あとで後悔しましたけれども（笑）。あの人が噺家になったときに、まあ師匠の、その当時の、（八代目林家）正蔵師匠に言われたらしいんですね、芝居を観に行かなくちゃいけないということをね。そうしたら、何かの機会で木久《きく》ちゃんが、わたしんとこ来て、

「歌舞伎、観せに連れてってください」

こう言うんで……。で、

「初めて観るのか?」

ったら、「そうだ」って言うんですね。じゃあ、一番分かりいいのが、忠臣蔵だろうと思って、ちょうど忠臣蔵を演《や》ってたもんですよ。昼夜通しで、木久ちゃんと観に行きました。

最初のうちは何だか、分かってんだか、分かんねえんだか、口開いてボオーッと、観てました。いざ討ち入りのところになったら、木久ちゃんがわたしの腕んとこを、フッと、こうやって突っつくんですね。

「え、なあに?」

って訊いたら、

「大石内蔵助っていうのは間違ってる」

って言うんで、

「何が間違ってんの?」

って訊いたら、

「みんなが真剣になって戦ってんのに、外で太鼓叩いて一人で遊んでる」(爆笑)

ってんですね。変な芝居の見方ですな、あの人の見方は。それっきり一緒に行かないようにしております。

まあ、ただ今、忠臣蔵ということを、一言申し上げましたが、つい先日も、歌舞伎に関係した本を拝見いたしまして、初めて気がついたんでございますが、お芝居が出来上がって、今日までで一番多く上演されているものに、何があるかと申しますと、やはり忠臣蔵だそうでございます。一番多く上演をされてるそうでございます。まあよく出来ておりますね、我々観ておりましても。極端に言ってしまえば、敵討ちでございます。裏も表もある敵討ちだと思ってます。出て来る方、出て来る方、全部が主役級でございます。大石内蔵助あるいは吉良上野介、あるいは堀部安兵衛、いろいろな主役の方がいらっしゃいますが、陰の代表人物といたしまして〝天野屋利兵衛《あまのやりへえ》〟という方がいたそうでございます。

こりゃ、天野屋利兵衛という方は、特に講談ですとか、あるいは浪曲のほうでお馴染みでございます。義士の討ち入りをいたしますときの装束や何かを調えた方だそうでございます。そのことが発覚をいたしまして囚われの身となりまして、松野《まつの》河内守《かわちのかみ》に取り調べられました折りに、

「天野屋利兵衛は、男でござる」

と言って、頑として口を割らなかったそうでございます。こりゃもう、男の中の男の代表的なセリフにしたい言葉でございます。

「天野屋利兵衛は、男でござる」

あるとき、大石内蔵助がただ今の流行性感冒に罹りまして、どっと床に就いたことがあるそうです。そこへ天野屋利兵衛が、お見舞いに参上いたしました。「御城代様には、二、三日来より、風邪の気味と、伺いましたが、ご容態は如何でございます。御城代、……御城代⁉」

声をかけましたが、大石内蔵助、布団を目深に被って、ぐっすりと寝ております。利兵衛が傍へまいりまして、

「御城代、御城代！」

布団の上から揺り起こしたんですが、何を勘違いいたしましたのか、内蔵助……。布団の中から手を出すと、天野屋利兵衛の腕《かいな》をぐっと握ってずるずると、布団の中へ引きずり込もうとした。驚いたのが天野屋利兵衛。後《あと》にぱっと飛び去ると、畳に両手をぴたっとついて、

「御城代、天野屋利兵衛は男でござる！」

って（爆笑・拍手）、これが真実の叫びだそうでございますけれどもね。今、お気づきになった方がいらっしゃる（爆笑）。

でも、つい先月でしたか、明治座を観に行きまして、猿之助さんのお芝居でございました。このあいだ新聞に出てましたね、澤瀉屋《おもだかや》って書いてあったの、〝さわだかや〟って読んだ人がいる（笑）。直さないで、その通りの放送をしたそうですね。物を知らねえのにもほどがあると思ってしまいました。

『鍋草履』へ続く

酒が一滴も飲めないのに……

一九八二年一月二十六日　イイノホール
にっかん飛切落語会　第七六夜『鰻屋』のまくらより

小遊三（当時、二つ目）さんが賞（昭和五十七年度「にっかん飛切落語会」奨励賞）をお獲りになりまして、どなたかのご挨拶の中にも真打が間近ではないかというご挨拶がございました。協会が同《おん》じでございます。もう、真打の話が出ております。ただ……、今日貰った賞金の使い方によって真打が……（爆笑）、早くなるか遅くなるかの……、楽しみにお待ちになっていただきたいと思います（笑）。

もう、再三、小遊三さんの真打の話は協会の理事会で出るんでございます。何せ、蓋というものがありまして、……難しいんですね。

「飛び越しちゃえ、飛び越しちゃえ」

って、言うんです。う～ん、

「小朝さんだって三十何人って、飛び越したんだ。そういう前例があるんだから、構わないから飛び越させろ」

ところが噺家の中には、頭の古い奴がいましてね（笑）。こっちは、薄くたって新しいんですから（爆笑・拍手）、

「そうすりゃ、もう、飛び越された奴が励みになるんじゃないか？」

って、言うんですが、中にゃぁ捻《ひね》くれる奴もいるって言いますね。捻くれたならば、人の出世を、なんか、妬むような奴ってのは、どうやったって売れる訳がないんだから、「やれやれ」ってそう言っているんですが……。

だから、小遊三さんの味方というのは、あたくしだけでございます（爆笑・拍手）。まあ、誰のときでも、そう言いますけれども、こっちは（爆笑）。

まあ、人が出世をするということは、大変に結構なことでございまして、多分、年内には、小遊三さんの真打披露というものが各寄席でもって行われるのではないかと期待をしておりますが、よろしくどうぞ、お願いを申し上げます。ついでにあたくしのほうも、よろしくお願いを申し上げます（笑）。

よろしくたって、こっちはもう、噺家になって三十一年も経っちゃったんですから。未だに、楽屋に入れば若手なんです。なぜかと言いますと、噺家の年寄り連中ってのは、無駄に丈夫でございますから（笑）。

わたくしが噺家になりましたのは、昭和二十六年の十一月の二十二日の日でございました。師匠・米丸の門を叩いて、噺家の第一歩を踏み出しました。ですから、昨年の十一月でちょうど三十年になりました。歳は未だ四十六歳なんです。昭和十一年八月十四日生まれでございますから、額《こっ》から、上を見るからいけないんです(笑)。

よくお客様方に、

「年の割には芸歴が長《なげ》ぇじゃないか?」

って、言われることがあるんです。実を申し上げますとわたくしは、中学三年在学中にもう、噺家になっておりました。

それよりも、まあ、その道に入りましたら、その道というもの、一歩一歩踏んで行かなきゃいけないんですから、その道の勉強のほうが大切と思いまして……。あたくしも噺家になりましてから、師匠先輩連中に教わって、いろいろなことを勉強させていただきました。ただ、今までに随分いろんなことをやりましたけれども、全然ダメだったのは、あたくしは酒でございます。

未だに酒が一滴も飲めませんでして……。あたくしに、圓楽さん、それから三波仲介さん、この三人がまるっきり酒が飲めません。特にあたくしは、乾杯のお猪口一杯が飲むことが出来ませんでして、……その割には前に酒のコマーシャルを演ってたことがありました（笑）。あれは、お金の重みに負けて出演したコマーシャルでございます（笑）。あのコーマシャルもいい加減でした。あたしが酒が一滴も飲めなくて真ん中でもって、

「まぁ、まぁ、まぁ」

って、言ってお酌していた山村聰さんも、一滴も飲めないんですから（爆笑）。詐欺みてぇなコマーシャルがあればあったもんでございますけれども（笑）。

『鰻屋』へ続く

遊郭風景

一九八二年七月十七日　イイノホール
にっかん飛切落語会　第八二夜『甲府ぃ』のまくらより

まあ、商売、商いというものが大分昔と変わったようでございまして……。昔あった商売でも、今はもう無くなってしまった商人《あきんど》なんというのがございます。毎度申し上げます通り、横浜の女郎屋《じょうろや》の倅《せがれ》でございます。つまり戦後の赤線でございます。戦前の遊郭。あたくしは、女郎屋の一人息子としてこの世に誕生をいたしまして……。ですから、子供のうちは随分恵まれておりました。乳母や女中に、

「若《わか》、若」（笑）

と、言われていた隣で、商売をやっていた訳でございますが……。

昭和三十三年三月三十一日限りで、赤線の灯がパッと消えました。神近市子のバァが（笑）、手前《てめえ》が使えなくなったから、他人も使えなくなったと思って（笑）、ああいうものを無くしやがって、まぁ、ウチも左前《ひだりまえ》になりまして、今ぁ、噺家でもって細々と暮らしておりますけれど（笑）。

遊郭専門に商売をしていたなんていう人もございまして、古い写真が未だに家に残っております。たまに見ることがございます。「ああ、ああだった。こうだった」ある程度の思い出というものが蘇ってまいりますけれども……。コハダの寿司なんていうものを朝売りにまいりまして……。

女郎屋が、朝、お客様を送り出そうというので、玄関をガラガラって開ける途端に、飯台にコハダの寿司だけを入れまして、で、売りに来る。朝帰りをするお客様が一つか二つ、そのコハダの寿司をつまんで、御茶《あがり》を一杯飲んでお帰りになる。

夜になりますと、

「お稲荷さん」

なんてんで、稲荷寿司を売りにまいりまして……、夜、稲荷寿司といいますというくらかしつこい味《もん》でございますね。で、コハダのお寿司よりも稲荷寿司のほうが大きゅうございます。お腹に溜まるというので、稲荷寿司というものを売りに来たんだそうでして……。夜寝る前に、そんなしつこいモノを食べたら、胃にもたれるんじゃないかとお思いの方がいらっしゃるか分かりません。これから、しつこいことをしようっていうんですからね（笑）。ある程度しつこいモノを食べておきませんと、身体に体力がつかないんで、で、夜になりますとお稲荷さんを売りに来たんだそうでして……。

で、たまに近頃、テレビなんかで見られますけれども、あの、〝南京玉簾〟。あの菜箸の親方みたいな奴を、何十本も束ねまして、『しだれ柳』でございますとか、いろいろなこの形を拵えて、お客様方にご覧に入れる。それと昔は遊郭に、辻占を売りに来まして、で、廓《くるわ》の女の方が、今晩自分の思っている男《ひと》が来てくれるか、来てくれないかというのでもって、辻占を一本買います。お線香でもって、ヒョッと火をつけますと、お線香が段々段々紙のほうへ燃えてまいりまして、で、先っぽのほうに、「待ち人来る」ですとか、「失せ物出る」なんていろんなことが書いてある。と、お線香をつけた火が、そこへ来て止まると、

「今日は、待ち人が来るわ」

何か言って、喜んでいる。そういう辻占を売ったお礼に、あの南京玉簾というものを見せたんでございます。随分あたくしも見た経験がございます。南京玉簾のサゲが大概決まっておりまして、あれでもってサッと、こういう形（ℓ）を拵えて、

「お姉さんのと、どっちが大きい？」

ってのが、サゲなんでございます（笑）。未だに分からないんです、わたくしには（笑）。どういう意味だか、ご存じの方は教えていただきたいと思っておりますけれども。

ですから、この商人というものが、ドンドンドンドン昔と今とでは変わってまいります。で、あんまり昔と変わらないのが、あのう、お豆腐屋さんというご商売でございます。特に朝早いというのは、大変に昔も今も変わりませんでして……。ただ、商売の仕方というのが違いまして。

ついこの間も、仕事の関係で、朝早く起きまして、ウチの前へ立っておりましたならば、近所の顔見知りの方が、一升瓶をぶら下げて通るんですね。随分朝から景気がいいなぁっと思って、

「どこ行くんです？」

って言ったら、

「はい、豆腐屋に行くんです」

豆腐屋へ？　あたしゃ、何のために一升瓶を持って行くのかと、

「何しに行くんです？」

って、訊いたら、

「豆乳です」

って、言うんですね。あたしゃ、糖尿病の小便の検査を（笑）、豆腐屋でしてくれるのかなぁ？　と思ったら、そうじゃないんだそうですね。あのう、豆を搾ってお豆腐に固める前の、あの、ドロドロした、つまり、豆の乳《にゅう》でございますか？　アレを飲むと大変に身体に良いんだそうでございます。知りませんでした。その方に、

「そんなに良いんですか？」

って、訊いたら、

「良いですよ。歌丸さんも飲んだらどうです？　頭の毛が増えますよ」

って、「大きなお世話だ」って言ったんです（爆笑・拍手）、あたしは。

で、あのう、ただ今は、あのプラスチックの入れ物やなにかでもって、お豆腐屋さんの店《みせ》っ先《さき》に置いてございますが、昔は、〝卯の花〟、オカラと言いますけれど、縁起を担いでオカラとは言いませんでして、卯の花なんということを言いました。これを桶の中にパッとあけますと、湯気がパァーっと立ちまして、こりゃぁ、見た目にはたいそう美味しそうでございます。「美味《うま》そうだ」ってんで、あんなものを

口の中に入れた日にゃぁ、これはどうにもしょうがありませんでして、モソモソモソモソいたします。味を付けますねぇ、うん。卯の花として食べなければ何にもならないんですが、見た目はたいそう美味そうでございます、見た目は。だから、昔はそそっかしくて、あれを口の中に放り込んで、随分七転八倒の苦しみをした方もいらっしゃるんだそうですが……。

『甲府ぃ』へ続く

噺家の個性

一九八四年二月十六日　イイノホール
にっかん飛切落語会　第一〇一夜『つる』のまくらより

つい先日、ある週刊誌を読んでましたらば、「これからの世の中は個性の強い人間が生き残れる。世に出られるような時代ではないか？」というような記事が、出ておりましたけれどもね。まあ、個性なんと言いますと、馬鹿に綺麗に聞こえます。悪く言いますと、一癖も二癖もあるような人間でございます。噺家全部が個性が強過ぎます。このあとに出て来る方（八代目・橘家圓蔵）なんか、個性が眼鏡をかけてるような方ですからね（爆笑）。

で、特に一癖も二癖もあるあたくしを含めて噺家が集まっているのが、宣伝をするようで申し訳がございませんですが、日曜日に演っております『笑点』という教育番組が（爆笑）、……何か間違ったことを言いました？　わたくしは（笑）。個性の塊のようなもんでございまして……。

う〜ん、まぁ、自惚れる訳ではございませんですが、個性が強かった為に、十八年間（当時）もったのではないかと思っております。今年の御元日が、ちょうど九百回記念でございました。一口に九百回、十八年と言いますけれど、長《なご》うございますね。『銭形平次』でも終わっちゃう。

「何で、終わるんです？」

って、フジテレビに訊いたら、

「投げる銭がなくなっちゃった」

そうでして（爆笑・拍手）、投げっぱなしにするからいけない。八五郎にあとから拾いにやらせりゃいいんじゃないかと思って……（笑）。

う〜ん、そりゃあ十八年の間には、あの番組にでも随分いろんなことがございました。嬉しいこともあれば、悲しいこともございまして……。一番驚いたのが、もう一昨年になりますけれども、十二月の八日の日でございました。普段丈夫だった方が、急にどっかに逝っちゃいまして……。三波伸介さん。随分あたしは気にしました、正直なことを言いまして。なぜ気にしたかといいますと、そりゃぁ、気になりますよ。一つの番組から、二人いなくなったんですから……。三波さんと小圓遊と……。

あれからです、お客さんがあたしの顔を見ると、

「歌丸さん、大丈夫ですか？　歌丸さん、大丈夫ですか？」（爆笑）

なんか生きてるのが忙《せわ》しねえような気がいたしますけれど。痩せてる割には意外と丈夫なほうでございます。あんまり大病というものをしたことがございませんで、四十八年間の人生の中で、病院へ入院をした経験があるのが未だ二回でございます。

六つのときに腸チフスを患って、横浜の万治病院というところへ入院をいたしました。で、二度目の入院が今から八年前でございました。脱腸の手術をして入院をしたことがございます（笑）。色っぽくもなんともない話でしてね（笑）。

ご経験のあるお客様もいらっしゃると思いますが、あの脱腸なんというのは、あのう脱腸バンドっていうんですか？　アレを、こう、締めておけば穴は塞がっちゃうんだそうです。で、子供のうちからあった。ところがあれ、痛くも痒くも何ともないんですね？　ただ自分がちょっと気持ちが悪いだけ。で、痛くも痒くもありませんから、ほっぽり出しておいたらば、やっぱり四十を過ぎると、いくらか身体にガタも来るらしいんでございます。高座でお喋りをしていて、「フッ！」と大きな

声を出すってぇと、ポコッと構《よこ》ちょへ出て来る（笑）。気持ちが悪い。お客さんに分からないように、懐の中に手を突っ込んで一所懸命こうやって入れていたんでございますけどね（笑）。あんまりいい恰好じゃありませんでして、お医者様に伺いましたならば、

「今は、もう、盲腸の手術よりも簡単ですよ」

と、言われて、思い切って入院をいたしました。……ただ驚いたです。この脱腸の手術をして、入院したときは。……上と下で毛が無くなっちゃった（……笑）。退院するときに先生に訊きました。

「生えますか？」（笑）

「下は、生えます」

って、言われましてね（爆笑）。その通りになりましたけどね。だから、痩せてる割には意外と丈夫なんです。

もっとも、『笑点』で亡くなった二人とも、意外と肥ってました。三波さんにしろ、小圓遊にしろ。だから、あの勘定で言いますと、次は新潟県人（林家こん平）です（爆笑・拍手）。楽しみに待ってんですけれどもね（爆笑）。あれは、無駄に丈

夫な男でございますから……、頭潰したって死なねえんじゃないかと思っておりますがね。

『つる』へ続く

男の望み、女の望み

一九八四年九月十二日　イイノホール
にっかん飛切落語会　第一〇八夜『長命』のまくらより

まあ、今年の八月は、たいそう賑やかな月でございました。オリンピック（ロサンゼルス）があり、高校野球があり、九月の上旬には、お隣の国から偉い方（全斗煥・韓国大統領）がお見えになって、二・二六事件以来の警備だそうでございます（笑）。（五代目・柳家）小さん師匠に聞いた話でございますけどね（笑）。まあ、オリンピックもなんでございますね、たいそう我々の期待に応えてくれた方がありますかと思うと、大変な期待外れなんてのもいましたな。

特に酷かったのが、やっぱり男子マラソンの瀬古選手でございまして……。向こうへ出発する前は新聞に、金メダルが一〇〇パーセント獲れたようなことが書いてある。いざ幕を開けてみると、ああいう結果になった。瀬古が本当のセコになりまして（爆笑）、……我々、瀬古選手に文句を言えませんから、しょうがねぇから楽太郎（現・六代目三遊亭円楽。顔が似ていることで当時話題だった）を張り倒してやろうと考えている最中でございますけどね（爆笑・拍手）。まあまあ、あの方々だって、ああいう結果になると思ってお出かけになった訳じゃないと思うんですが……。

人間というものはどなたでも、この願望というモノをお持ちでございますね。男性の望み、あるいは女性の望み、銘々違うようですが……。女の方の望みというのは一〇〇パーセント決まっております。どういう望みかと言いますと、

「女とこの世の中に生まれた限りは、美人になりたい。美しくなりたい」

これが女の方の持っている願望だそうですな。

「……んなこと、ないわよぉん（笑）。女は顔じゃないのよぉん（笑）。心さえ美しかったら、それでいいのよ」

なんていうのは、これはブスの寝言だそうでございますな、こんなものは（爆笑・拍手）。

しかし、ただ今は整形医学と言うんですか、ああいうものがたいそう発達をしている関係で、どんな醜い顔に生まれた女の方でも、一代限りの美人にはなれるそうですな（笑）。……一代限り。二代は続かないそうです（笑）。

もっとも、わたくしいつもそう思うんですけれども、女の方が整形をなさる、

結構だと思います。例えば、目尻のこの辺に〝カラスの足跡〟を通り越して、〝ダチョウの足跡〟みたいのが出来ちゃった（笑）。単衣《ひとえ》の瞼を袷《あわせ》にしたりだとか（……笑）。減《め》り込んでいる鼻を持ち上げてみたりだとか。まぁ、一か所か二か所ぐらいの手術でしたならば、女の方の特権でどなたがおやりになっても結構ですけれども、えげつない方になりますと、顔じゅうそっくり変えちゃう方がいらっしゃいますな。ただ、こういう方が結婚をして、赤ん坊が出来ると不幸を招きます。原版が出て来るんですから、子供《ここ》へ（爆笑）。こりゃぁ、ご亭主とね、家庭争議の原因《もと》になるんじゃないかと思いますが……。

しかし、他人から美人だと言われている女性でも、自分自身で、「私は美しい」んだと思っている女性でも、過去を振り返ってみまして、過去に最低三人の男を泣かしていなければ、本当の美人ということは言えないそうでございます。過去に三人の男を泣かせていなければ……。

まあ、今日も、この会場に大勢の（……笑）、女性の方が……、そりゃまぁ、うふふ（笑）、歳の多い少ないにはかかわらず、……今日お見えになっている女性の方のほとんどが、過去に三人以上の男を泣かした女の方ばかりですな（爆笑・拍手）。

ここの前に東宝名人会を演って来たんですけれども、……東宝は酷かったですよ（爆笑・拍手）。過去に三人以上の男に笑われたような女ばっかり入ってましたけどね（爆笑）。

『長命』へ続く

当たるも八卦、当たらぬも八卦

一九八六年一月十八日　イイノホール
にっかん飛切落語会　第一二四夜『辻八卦』のまくらより

まあ、日にちの経つというのは早いもんでございまして、「お正月だ。お正月だ」と騒いでいるうちに、もう今日は十八日でございます。この勘定で行きますと、来月あたりは大晦日が来るんじゃないかと（笑）、今、楽屋でいろいろと心配をしているさなかでございますが……。

まあ、よく、「一年の計は、元旦にあり」なんということを言いまして、うーん、まあ自分の運勢というものは、その年の初めに意外と気になるものでございます。それが為に、お客様方も初詣でにいらっしゃって、今年一年の無事安泰を神仏にこのお祈りをする訳でございます。

しかし近頃は、占いブームとか申しまして、例えば週刊誌にも、「あなたの今週の運勢」、各新聞を見ましても、「今日あなたの一日の運勢」なんというのは、どの新聞にも出ているようでございます。まあ、わたくしはあんまりそういうことを気にするほうじゃないんですけれども、でもやっぱり、うーん、ちょっと朝、出がけに嫌なことがあると気になりますから、取っている新聞で自分の運勢をよく見て出てくることがあります。

あれ自分の運勢を見ようと思ったら、一紙に限りますね（笑）。例えばあのAという新聞を読む、わたくしは子年《ねずみどし》でございますから、子のところを見ると、

「今日あなたの一日は、バラ色です。表に出て、大いに活躍しましょう」

ああ、俺の運勢は今日いいんだなあと思って、Bのほうの新聞を見ると、

「今日、あなたの一日は真っ暗闇です（爆笑）。家の中でじいーっとしてましょう」

って、どうしていいんだか、訳が分かりませんですけれどもね。

最近、特にお若い女性の方が、手相を見てもらう。あるいは、いろいろな意味でもって占いをしてもらう。例えば、新宿の伊勢丹の横なんぞ行きますと、夜薄暗くなりかけると、あそこにお若い女性の方が随分溜まってます。わたしは知らなかったんです、最初は。なんか手相を見てもらうというの……、ただ若い女の人があそこにガサっと固まってますからな。それ最初見たときに、

「ああ、これは、スプリング・セールのお嬢様方かなあ」

と、こう思ってました（笑）。で、あとで訊いたらそうじゃあない。

「占いの順番を、待ってるんだ」

と、……よかったですよ、そんとき傍に行って「いくら？」って、訊かなくってね（笑）。訊きゃあ、エラい目にあってますけれどね。

まあ、もっともただ今は、どういう占いをなさる先生方でも、一所懸命、勉強をなさいまして、わたくしたちに、アドバイス的にいろいろなことを言ってくれます。うーん、一通りや二通りの勉強ではないそうですが、昔は随分いい加減な占い者《しゃ》がいたそうですな。

「何やっても、上手くいかねえなあ。しょうがねえなあ、八卦見でもやってみるか？」

やってみるかって、なるんですからね（笑）、噺家と同じような考えでもって（笑）、八卦見をやる。で、こういう人たちは、絶対に八卦の勉強は、もう二の次三の次だそうですね。ただただ言い訳だけを考えたそうです。

つまり、客がこう言ったらば、ああ言おう。ああ言ったらば、こう言おう。その言い訳しか考えなかったそうです、昔の八卦見というのは。

「あなたのお宅にはヤツデの木がありますな」

「ええー？　家《うち》は、ヤツデ無い」

「無くて、幸せ（笑）。あれば災難が絶えない」

ってなことを、言いましてね。で、もしも、

「ええ、ヤツデの木があります」

って言いますと、

「うーん、儂《わし》の卦《け》によると、このヤツデが玄関の右にあるのが、ちと面白くない」

「いや、家《うち》のヤツデってのは、玄関の左にありますけど」

「……儂の卦には右と出ておる。つかぬことを尋ねるが、あなたはこのヤツデをどちらから見て右と仰る？」（爆笑）

「家《うち》の中から外に向かって、右なんですが」

「ならばよろしい。儂は外から家のほうに向かって、左と言った」（爆笑）

こりゃどういう具合にもなりますんですけどね。ですからこういう八卦見が、昔は各辻々《かくつじつじ》に、一人くらいは店を張ってたそうでございます。これをこの〝辻八卦《つじはっけ》〟と言ったそうですけれどもね。

『辻八卦』へ続く

陰陽というもの

一九八六年四月十七日　イイノホール
にっかん飛切落語会　第一二七夜『後生鰻』のまくらより

よく昔から、「暑さ寒さも彼岸まで」ということを言いますが。春の彼岸が過ぎたというのに、何ですか、今日は肌寒いようでございます。お風邪などをお引きになりませんように。

人のことを心配してる場合じゃございませんでして。実は四月の三日の日に、わたくしご本宅が（……笑）、いやご本宅もなにも、一軒しかありゃしませんですけど、横浜だもんでございまして、交通安全週間の、まあ前夜祭とでもいうんでしょうか？　神奈川県の第一機動隊の一日隊長を頼まれまして、寒い日でした。オープンカーに乗せられて、どーうも我々あゝいうのは、苦手でございますな。あれ歌い手さんですとか、映画関係の方ですとね、恥も外聞もありませんから（笑）、じゃあ噺家、恥も外聞も知ってるようですけれども、どうも苦手なんです。それに乗せられて一時間ばかり横浜をぐるぐる回されまして、行きたかぁないで

す、あんなのにね。第一、機動隊ですから、謝礼《これ》だってバカ安ですからね、ほんとに（爆笑）。ああいうところから頼まれると、

「予算が無《ね》え、予算が無え」

税金はちゃんと持って行くくせに、まあ……。それで、すっかり風邪引いてしまいました。

うーん、「お花見だ、お花見だ」と、騒いでるうちに、もう桜の花もほとんどお終いでございます。実はこの十一日から二十日までは、四月の中席で国立演芸場を演りまして、で、新宿の末廣亭へ、掛け持ちで十日間飛んで行かなくちゃいけない。

最初のうちは、随分桜も綺麗でございました。あの国立の三宅坂のところの裁判所の前の桜ったら、実に綺麗ですな。あれ、あそこのお花見が、わたくしは一番綺麗だと思ってます。

昔の桜の通りにピンク色でございまして、五月のサミットに向けまして、お巡りさんが警備をしていらっしゃいます。ちらりほらりと、桜の花びらが散っているその下に、お巡りさんが立っている。世の中に、こんなに絵にならない図はありませんですよ（爆笑）。やっぱりお巡りさんは、樫の木の下に立ってんのが一番似合うん

じゃないかと思って……、なんか綺麗な桜の花びらと、うんと濃い紺の制服を着たお巡りさん……なんか、陰と陽を見るようでございます。

もっとも、この世の中には、なんにでもこの陰陽というものはあるそうでございます。陰陽というものが一つになりまして、世の中というものは成り立っている。例えば、この出しますこの手に、陰気な手と陽気な手がございます。手をこう上へ向けまして掌を見せますと、こりゃ大変に陽の手でございます。逆に、これをこう下を向けまして甲のほうを見せますと、これは陰の手になります。ですからお芝居ですとか、よく映画や何かで拝見をいたしますが、幽霊というものがございます。陰のものでございますので、手のほうも陰の手で出てまいります。

「うらめしい〜」

てなことを言いましてね、幽霊が間違えて陽のほうの手で出てくると、具合が悪いようです。

「うらめしい！」

なんてね（笑）。なんか貰いに出てきたようで、具合が悪いようです。

お花見時、上野の山あたりでは、随分お酒を飲んで喧嘩があったようでございま

す。まあ、わたくしは、

「世の中は、なんであの桜の花の下でもって酒飲まなくっちゃいけないいんだ」

これが、不思議でございます。わたくしは、自分がお酒が飲めませんから言う訳じゃありませんですが……。

喧嘩というものは、たいそう陽気なもんでございます。「うわあー！」なんてんで喧嘩をします。であの陽気な喧嘩を収める仲裁人というものは、必ず手は陰のほうの手でもって止めなくてはいけないんだそうですな。陽気な喧嘩がばあーっと始まると、

「(掌を下に向けて) まあまあお待ち！　お待ち！　まあまあ！　よしなよ、そのお前の言ってることも分かるけれども、お前もお前だよ。普段仲のいい友達じゃあないか、つまらないことで喧嘩なんかしないでさ」

まあまあまあまあまあ、と、陽の喧嘩を陰の手で止めるから収まるんだそうです。間違えてこれ陽のほうの手で止めると具合が悪い。

「(掌を上に向けて) お前もそうだよ、お前だってそうなんだよ。めんどくせえからやっちまえ」

って、喧嘩煽るようで具合が悪いようですな。

男性と女性も、昔から陰と陽に分かれております。男性のほうが陽で、女のほうが陰。つまり男性が太陽で、女のほうは月だそうでございます。男が太陽で女が月。ですから女のほうには、月のものというのがあるそうですが……（笑）。まあ、わたくしは一遍も見たことがないんですけれどもね。で、これがどこで分かるかと思いましたらば、人間がこの水で亡くなりますと、この陰陽というものが逆になるそうです。例えば男の方が水で亡くなりますと、生きているうちが陽でございますので、亡くなって陰に返って、下を向いて流れてくるそうです。で、女の方が水で亡くなりますと、生きているうちが陰でございますから、これが陽に返って上を向いて流れてくるそうです。で、これで陰陽というものがはっきり分かるんだそうです。

もっとも、このあいだあるところでこう言いましたらば、

「歌丸さん、そんなに深く考えることはないんだ。理屈はもっと簡単だ」

って、言われました。男が下向いて流れてくるのは、金の重みでもって下向くんだって、とかで（笑）。女が上向くのは尻《ケツ》がでけえから、上向いて流れてくるんだっ

て（笑）、それじゃ身も蓋もありゃしませんですけれどもね。

御宗旨《ごしゅうし》に、陰陽というものがございます。お差し支えがございましたら、お詫びを申し上げておきますが、南無阿弥陀仏と申しますと、これは陰でございます。お題目、南無妙法蓮華経と申しますと、これは大変に陽のものでございます。わたくしが前座から二つ目になりました当時に、麻布に十番倶楽部という寄席がございました。十月になりますと、池上本門寺の御会式《おえしき》でございますか、これをよくこの拝見をしたことがございますが、たいそう陽気なもんでございます。万灯《まんどう》なんぞを打ち振りまして、で、団扇太鼓でもって囃し立てて、このお題目を唱えてこの道を歩いて、随分陽気なもんでございます。もっとも、御会式のときなんぞは、あの団扇太鼓でもって、お題目を唱えながら町内を練り歩ってる人たちの中には、決して真の信心家とは言えない方も、いらっしゃったようですな。なぜかといいますと、お題目唱えて、団扇太鼓叩きながら、周りの人と喋りながら歩いてる人をよく見ましたな。

「妙法蓮華経、南無妙法蓮華経、……こんばんは、こんばんは！　お天気が続きまして、ああいい塩梅。御祖師様、幸せで」

って、手前《てめえ》のほうがよっぽどお幸せでございますけどね。

「妙法蓮華経、南無妙法蓮華経……、あそこにいるお婆さん、どこのお婆さんです？　あのご隠居さん」

「山田さん家《とこ》のご隠居さん」

「ほー、おいくつですか？」

「九十八」

「長生きですなあ。腰も曲がんないで、一人で歩いてますな。人間、長生きはしたいもんですな。妙法蓮華経、南無妙法蓮華経、何……、あそこにいる娘さん、どこの娘さん？　いやいやこっちの娘さん、えっ？　越後屋の一人娘？　綺麗になりましたなあ、いくつです？　十八？　へえー、こないだまでは洟《はな》ぁ垂らしてたと思ったんですが、へえー、確かあそこは婿取りでしたな。お互いに心がけといて、良いお婿さんがあったらお世話いたしましょう。妙法蓮華経、南無妙法蓮……、えっ？　何、婿はもうとっくに決まってる？　へえー、初耳。誰が？　あの建具屋の？　あの半公が？　上手くやりやがったなあ、畜生。法蓮華経……」

なんてね、これじゃあ、まあ信心だか、なんだか、訳分かりませんけどね。

本当の信心というものは、成田山へ行ったついでに、お不動様をお参りしようじゃないか、あるいは、浅草に遊びに行ったついでに、観音様でも拝んでみようじゃないか、これはもう本当の信心ということは、言えないそうでございます。本当の信心家というものは、浅草の観音様なら観音様へ参りまして、お賽銭をあげて一心不乱に拝んで、そのまま真っすぐと家《うち》へ帰って来る。これが本当の信心家だそうです。もっとも、こう悟りを啓《ひら》くまでには、ある程度の年齢というものが達しなければ、なかなか悟りというものは啓けないそうです。

ご家督を息子さんご夫婦に譲ってしまって、自分は悠々自適の隠居生活。毎日のように観音様へ、このお参りをしております。と、こういう風になりますと、殺生というものを一切嫌いまして、例えば夏場、腕なんかこう出して寝ているところに、蚊が、ぶ〜んと飛んで来て止まって、血でも吸い始めると、我々だったら大変ですよ、見つけるとね。

「野郎畜生！」

なんてなことを言って、原形を留めないほどに打《ぶ》ちのめしますけれども（爆笑）。もう、悟りを啓き切ってしまいますと、仮令《たとえ》蚊が止まって血を吸い始めても、

「あんまり吸うんじゃないよ、肥るよ、肥ると飛び難くなるよ、仲間がここで待ってるから、代わっておやり。ふっ！」

てなこと言って、逃がしてやる（笑）。

ある日のこと、毎日毎日同じ道《おんな》ばかり通って帰っていても、なんか気が変わんないから、今日は一つ道を変えてみようというので……。

『後生鰻』へ続く

大師匠の言葉

一九八六年十二月十七日　イイノホール
にっかん飛切落語会　第一三五夜『鍋草履』のまくらより

お寒い中ようこそお出でをいただきまして、お時間もお早うございます。どうぞご愉快にお過ごしのほどお願いを申し上げますが、たいそう悪い風邪が流行っております。楽屋でも風邪を引いてる連中が、随分多《おお》ございます。今まで一遍も風邪を引いたことのないのが、木久蔵だけでございます（爆笑・拍手）。馬鹿は風邪引かねえってのは、上手ぇこと言ったもんだと思って。わたくしなんぞは、九月の下旬に風邪を引いて、物を大事にするせいですか（笑）、未だに持っておりまして、またまたぶりっ返してきてしまいました。

つい先日もわたくしは、びっくりいたしまして、……孫にアイスキャンディを貰って……、孫にアイスキャンディ貰ったって、色っぽくも何ともない話なんです。いきなりガリッてやった途端に、奥歯を折ってしまいましてね、で、わたくしは生まれて五十年間で、初めて歯医者さんの門をくぐりました。虫歯が一本もありません髪《うえ》でした。歯医者さんへ行ったことがない人間です。歯だけは揃ってました（笑）。歯揃《した》うっていう訳には、なかなかいきませんですがね。

で、とにかく初めて歯の治療に伺ったもんですから、内心はたいそうおっかのうございました。で、まあまあ、無事に治療も終えまして、まだ仮り歯でございますけれども、奥に入れております。「痛くないように抜きます」と言って、丁寧に診察をしていただいたんでございますが、初めて歯医者さんへ行ってわたくしは、歯医者さんの物凄い特殊技術というものを、一つ発見をいたしました。

どういうことかと言いますと、まあ歯の治療いたしますときには、あの、床屋さんの椅子のようなものに座らせられて、身体を倒されて口開いて、お医者様が金の箆《へら》みたいな奴をこう口の中に入れて、こっちの口を広げながら、なんか質問をするんですよね（笑）。

「歌丸さん、こっちの歯の具合は如何ですか？」

「えー、ほー、んんがが、んんん」（爆笑）

「こっちは如何です？」

「あぁぁぁ、んがぁがぁん」（笑）

「あー、分かりました」

って、これで分かるんですな（爆笑）。わたしゃ凄い技術だと思いましたな。で、このときにはわたくし、歯医者さんに伺いましたらば、患者さんの歯の中、あの口の中ばかり見ている関係で、表で挨拶をされて、顔を見ても分からないそうですな。

「どうも先生、こないだ、ありがとうございました」

「……どなたでした？」

「こないだ虫歯の治療に伺った者ですが」

「はあー、ちょっと歯を拝見いたしますから口を開けてください。あー、神田の山田さん！」

ってなこと言って（爆笑・拍手）。これ歯医者さんだからいいんですよ、痔の先生は具合が悪い（爆笑）。

「先生、こないだは、どうもありがとうございました。」

「……どなたさまで？（ズボンを脱ぐ所作）……（笑）、あー、有楽町の穴盛さん」

ってなことを、言いましてね。まあこれはどうも具合が悪いようでございますな。

まあまあ、「商売は道によって賢し」、このときにわたくしは、つくづくと感じましたけれども、うーん、まあ虫歯が一本もないというのを、思い返してみますと、実はわたくしは、年寄りっ子でございます。

父親の顔はまるで知りませんでして、ええ、父親が分からないということじゃあないですよ（笑）。ここんところは、誤解しないでいただきたい。父親はわたくしが御年三歳《おんとし》のみぎり、早々とあの世に疎開をいたしました。母親はいたのでございますけれども、昔の日本の悪い風習。嫁と姑。こう言えば、だいたいのご理解がいただけると思います。ですから、わたくしは母親のお乳の味を知らない人間でございます。育ての親は、祖母でございます。

で、祖母、特に昔の年寄りでございますから、肉なぞというものは食べませんでして、主に魚を食べさせられました。で、鰯にしろ、何にしろ小魚なんぞは、「頭ごと骨ごと食べなくっちゃいけない」と言って、まあ秋刀魚なんぞを食べた場合には、まあ秋刀魚の骨は硬《かと》うございますから、骨を残しますと、祖母が練炭火鉢でもって、骨をこんがりと焼いてくれて、お醤油をつけて、で、これを食べると、「香ばしくて、美味しいよ」と言うのでもって、まあカルシウム分でございますな、そういうものを食べさせられたお陰でもって、わたくしは、歯が丈夫だったと思うんですけど。

で、わたくしが噺家になりましたのが、昭和二十六年の十一月の二十二日の日でございました。中学三年在学中にわたくしは噺家になりまして、

「俺の進む道は、噺家以外にない」

と、志を立てたのが、小学校四年の時でございました。もう噺家になりたくてなりたくて、居ても立ってても居られない。

「中学を卒業したらば、噺家にさせてやる」

という、祖母との約束も取り交わしたんですが、それも待てませんでした。どうせ噺家になるんだったら、一日も早いほうがいいだろう。在学中に飛び込んでしまいました。学校の勉強が大嫌いでした。何でこの世の中に、学校なんかあるんだろうと思って、何遍わたくしは、学校へマッチを持って行った覚えがあるか分かりませんです（笑）。

ただ、あの当時のマッチですから、今のマッチのように性能も良くなかったですな。火つけるったって、二本や三本の軸じゃ火がつかない。何箱も何箱も使わな

くっちゃ、それで〝安全マッチ〟って書いてあったんですかね、あの当時は（笑）。
まあ、お父様方、お母様方がいらっしゃる前で、こんなことを申し上げますの、大変失礼かも分かりませんですが、自分の経験から言うことです。学校で教わったことで世の中に出て役に立ってることは、数学と国語だけ。数学も足し算、掛け算、引き算、割り算これだけのことを覚えときゃ、金の計算なんか、すぐ出来ますよ（笑）。あの、ルート（√）なんてのは、クソの役にも立ちませんな、あんなものは（爆笑）。わたくしの友達で学生時代に、ルートを一所懸命勉強して、大きくなって麻薬の運び屋になった奴がいます（爆笑・拍手）
そらなあ、学生と名前がつく以上は親の手前と、月謝の手前があります。ましてや土台作りでございます。土台というものは固めるときにしっかりと固めておきませんと、ちょっとの風、少しの雨でもって崩れたり、倒れたりする恐れがございます。まあ、学校の勉強は土台作りで、それよりもわたくしは、世の中に出てからの勉強というものが大切なことではないかと思ってます。今日お見えになっているお客様方も、今のまあご職業、あるいはご商売に入ってから、その道の勉強というものを随分なさったと思います。わたくしたち噺家も、噺家となって師匠先輩連中から随分、噺家の歩む道なんというのを、勉強させていただきました。

いろんなことを随分教わりました。「出す金を考えずに、貰う金考えろ」なんてことも言われましたしね。こりゃ難しい言葉ですな、「出す金考えずに、貰う金考えろ」って言うんです。これはわたくしの大師匠の（五代目古今亭）今輔が言った言葉でございます。何だかわたしには、分からなかったです。

おつき合いや何かでもって、あるいは、祝儀、不祝儀や何かでもって、出す金というのは決して考えちゃいけない。素直に出さなくっちゃいけない。その代わりに「貰う金を、考えろ」って言われました。人からスッとお金出されたときに、「何のために受け取るお金か？」、理由のない金を仮令《たとえ》千円でも受け取ると、下手をすると手が後ろに回ることになる。

「出す金を考えずに、貰う金を考えなさい」

って、言われました。わたしはこの言葉を、前の総理の田中角栄さんに聞かせたかったですな（爆笑・拍手）。（林家）こん平と同じ田舎の人間（笑）。田中にこん平に、三波春夫って、ロクなのいねえな、あそこは、ほんとにまあ（爆笑）。

「背が高いと思ったら、座っているときでも、立っているときでも、人一倍に深々とお辞儀をしなさい」なんということも、教わりました。で、やっぱりわたくしは、この今輔に言われた言葉でございますが、その噺家になりましたときに、今輔がわたくしに向かって、

「歌丸さん、落語家となったらば、芝居を見なさい。特に歌舞伎を見ろ」

ということを、言われました。で、

「どういうところを拝見したらばよろしいですか?」

と、伺いましたらば、

「役者衆ですとか、あるいはお狂言の筋なんというのは、二の次、三の次でいい」

ってんですね。

「セリフのやりとり、入る鳴り物、ああいう間《ま》ですとか、きっかけというものを、よ～く頭の中に入れなさい。落語をやるについて随分、勉強になりますよ」

という教えをいただきました。

それから、随分歌舞伎を観に通い出しました。正直言いまして、最初のうちは、何が何だか訳が分かりませんでした。特にあの浄瑠璃っていうんですか、ただ、「うーうーうーうー」唸ってばかりいる(笑)。わたし初めて聞いたときに、この人

ひでぇ便秘症なんだなあと思って（笑）。ところが、観ていくうちに、聴いていくうちに分かるようになり、面白くなりまして、今はもう月に一遍は必ず歌舞伎というものを観るように心がけております。

ただ、お好きなお客様でしたらば、わたくし同様にお気づきになった方もいらっしゃると思いますが、近頃、歌舞伎を観にまいりますと、随分常識を知らないお客というのが増えたようでございます。これは芝居ばかりに言えたことではございません。各劇場へ行ってもそうなんです。実はつい先日でございましたが、今、国立劇場が三月《みつき》にわたって忠臣蔵を通しで出しました。

十段目というものを二十年前くらいにしか、わたくしは観たことがございませんでした。まあ、十、十一、十二月と、三月連続で拝見をいたしましたけれども、国立なんかの場合ですと、あの場内でもって物を食べたり、あるいは飲み物を持ち込んではいけませんという規約がございますから、そんなことはないんでございますけれども……。昨日、実は歌舞伎座行ってきたんです。まあ、菊五郎、玉三郎、辰之助でございますか、花形歌舞伎を観てて、そうしたら、お芝居開演中にお客席でもって、物を食べながら観てる客がいるんですな。

で、わたしのすぐ隣でもって、婆ぁが煎餅食べてるんです（笑）。あのお煎餅ってやつは小さく割って口の中に放り込んで、唾液で湿らせて柔らかくして飲み込んだって、美味くも何ともありませんね。バリバリバリバリ音をさせてるんです（笑）。あの歳でもって、お煎餅丸かじりにするんですから入れ歯じゃありませんよ。多分あいうのは、家へ帰るとお嫁さんに厭味言われてますよ。

「お婆さん胃が丈夫ですねー」

なんか、言われてるんですよ（笑）。

セリフが聞き取りにくい。文句言ってやろうと思って、ヒョッと顔を見た。弾みというものは恐ろしい。そうしたら、そのお婆さんもわたしの顔をヒョッと見て、

「あら、歌丸さん、フフ、来てたのぉ？　一枚どお？」（笑）

って言うから、

「じゃあいただきましょ」

って、貰って食べたんですけどね（爆笑）。それじゃあ、文句言える立場でもなんでも、ありゃしませんですけれども……。

『鍋草履』へ続く

入院風景

一九八七年七月十四日　イイノホール
にっかん飛切落語会　第一四二夜『粗忽の使者』のまくらより

まあ、落語家はだいたいまともな奴は出てまいりませんですが、どうぞ、もう一席おつき合いのほどをお願いを申し上げます。

よく道を歩いているときでも、乗り物に乗っているときでも、あたくしはお客様に何か訊かれます。で、あたくしが一番多く訊かれますことが、

「歌丸さんは、何キロぐらいおありになるんですか?」（笑）

ということを一番訊かれます。正直なことを言いまして、ついこの間までは三十何年間、四五キロをズゥーッと保っておりました。

痩せておりますので、胃下垂でございます。物を食べますと胃が痛んだり、なんか重苦しかったりいたしますんで、胃が悪いんだとばっかり思ってましたなら、昨年の人間ドックで診察を受けまして、十日ぐらい経ちましたら、そのドックから連絡があって、

「胆のうに異常が認められるために、再検査」

という、通知を受けました。驚いてあたくしは飛んで行きました。で、二十年間あたくしは、同じ時期に、同じ人間ドックへ入って、長年にわたって暗殺を……いや、暗殺じゃない（笑）、診察をしていただいておりました。

で、飛んで行きましたならば、前の日から胆のうを写すための薬を飲んで写真を撮ってもらって、その写真を先生が見せてくださった。

「歌丸さん、ご覧なさい。……ここにあるのが、これが胆石です」

「……先生、あたし、胆石ですか？」

「いや、これは胆石のある人の写真で（爆笑）。歌丸さんのは、こっちですね」

と、もう、ご案内の通り、胆のうというものは、肝臓で拵えました消化液でございますか、あれを胆のうに溜めておく、つまり、ダムの役目をしておりまして、人間が物を食べますと、胆のうが収縮をして、その消化液を十二指腸のほうに送り出すという役目をしているものだそうですが……。大きさも形もちょうど茄子《なす》のようなものでございます。で、普通に写っておりました胆のうが、あたくしの場合は、半分に折れておりましてね。

「先生、これ、どうなっちゃったんです？」

って、訊いたらば、

「まあ、精密検査をしてみないと分かりませんけれど、多分、これは胆のうの中に脂が溜まっているために、もう、胆のうの働きをしていない。それが為に物を食べると痛んだり、苦しんだりするらしい。すぐに精密検査をお願いいたします」

生まれも育ちも横浜でございますので、人間ドックから横浜の病院を紹介されました。横浜に、国立横浜東病院という病院がございます。大変に環境の良い病院でございまして（現・聖隷横浜病院の場所）、周りがお寺と焼き場と墓場でございます（爆笑）。手っ取り早い病院ですなぁ。よろしかったら、ご紹介申し上げますけれど（笑）。

まあ、内臓の権威の方々がお揃いになっている。そこで、精密検査の超音波をかけていただきましたならば、う〜ん、ドックで仰った通り、どうも、脂が溜まっているらしい。

「薬で抑えることは出来ますけれども、苦しみはまだ続きます。治る見込みはありません」

と、言われて……。で、見ただけでは、九九パーセント良質な病気のようですけれども、お腹を開いて診て、

「あっ！　悪性だった」

と、いう場合があります。

「歌丸さん、思いきっちゃったほうが良いですよ」

と、言われて、……で、

「すぐ切らなきゃいけませんか？」

って、伺ったならば、

「いや、ほとんど良質なものですから、そんなに急くことはないと思うんですが、早いほうが良いでしょう」

それが去年の八月でございました。で、翌年の二月が意外と暇なもんでございますから、つまり今年でございますなぁ。

「今年の二月に如何でしょう？」

って、訊いたんです。

「二月で十分間に合います」

って、言われましてね。で、毎月毎月その病院に行って、お薬をいただいて診察をしてもらって、一月の半ばに入院の手続きに行きました。

「いつから、入院が出来ますか?」

と、訊かれたものですから、

「二月の一日から入院します」

「そうですか。では、四日に切りましょう」

って、言われて。……このときは驚いたですよ(笑)。人伝《ひとづて》に聞いたところによりますと、手術をするまでには、検査が最低十日間ぐらい。長くなると、二十日も、一ヵ月もかかる。それを、一日に入院したら、四日に切るって言う(笑)。あたしゃぁ、病気が進んじゃったんだと思った(笑)。したら、毎月通院している為に、もうそれで検査の段階が済んでいる。

「内科と外科の先生との、密接なる連絡がついていますから、ご安心ください」

とにかく、生まれて初めて、あたくしは病院に行きました。特に手術なんていうのは初めてです。大変に不安でございました。先生に伺いました。

「先生、手術の時間ってのはどのくらいかかるんです?」

ったら、その先生があたしの身体をご覧になって、

「まぁ、歌丸さんでしたら、一時間半もあれば十分でしょう」

って、言われて（笑）。あとで訊いたら、五十分で終わったそうです。

「早かったですね？」

って、言ったらば、

「だって、歌丸さん、皮の下、すぐ骨でしたから」

って、言われましてね（爆笑）。メス一本で済んじゃったそうですけれども。そして、胆のうを取って、調べてもらったならば、小さな、何かイボみたいなものがあったそうです。で、精密検査をしましたならば、悪性ではないということが分かって、直に先生からわたくしは聞きました。もう、今、何でも物を食べられますし、今、四九キロになりました。そろそろダイエットをしなくちゃいけない時期が来たと思っております（爆笑）。


で、このときに、まぁ、生まれて初めて入院をしたものですから、それまでは病院生活を知らない人間でございます。患者さんたちと、いろいろとお話しをしたり、また、患者さんの人情というものにも、随分触れました。いい勉強になりまし

た。驚いたことが一つございます。

何に驚いたかと言いますと、あたくしの病室の三つぐらい先に、お寺のお坊さんが入院をしていらっしゃいまして、あたくしより前に入院をして、手術をしたのがズゥーとあとでございました。あたくしは二十二日間で退院をいたしましたが、その方は未だ、あたくしが出るときも、未だ退院が出来ない状態でしてね。……内臓が大分やられている。肝臓、腎臓、膵臓ですか、大分酷かったらしい。手術の時間が、あとで訊いたら、このお坊さんは十四時間半かかったそうです。凄いですね。向こうは十四時間半、あたしは五十分。で、料金は同じ（笑）。そんな、訳の分からない話はありませんですな。

でも、手術の時間が十四時間半かかったということは、それだけ成功したということです。もう、手放しで、「おめでとうございました」と申し上げました。で、何に驚いたかと、この方が手術をなさって、次の日からお友達が見舞いに来る。お坊さんのお友達ですから（笑）、来る人来る人、皆、袈裟《けさ》、衣《ころも》を着けてんですな（爆笑）。あたしゃ、衣を着けたまんま、あんまり坊さんに病院の中をうろついてもらいたくねぇと思いましたね（爆笑）。で、年寄りの患者さんなんか気にしちゃってんの。

「歌丸さん、今日はお坊さんが多いですね」

って、言うから、

「多分、注文を取りに来てんじゃないですか」

って、そう言いましたけれどね（爆笑・拍手）。

まあまあ、物を食べられるようになってからは、まあ、一日に一遍は、……まあ、汚いお話ですけれども、トイレ行って、お小水、それから大のほうもちゃんと記録《つ》けておかなきゃいけないという。ところがあたくしは、何かありますと、まあ、神経的なものだと言われたんですが、便秘をする性分でございます。普段はそんなことはしたことがないんですけれどもね。で、病院で入院中も、やっぱり便秘しまして、看護師さんにお願いしました。

「どうしても、出ないんですけれども」

「あ、そうですか？　じゃあ、下剤を出しましょう」

それを飲んだ途端にあたしゃぁ、寝ちゃったの（笑）。グースカ寝ちゃった（笑）。もう、次の日まで寝ちゃってんの。で、次の日に看護師さんが来て、

「出ましたか？」

「あれえ、出ません。とにかく、昨日から今日までずっと寝っ放しだったんです」

と、看護師さんが考えて、

「すいません。睡眠薬と間違えました」（爆笑・拍手）

「冗談じゃない！」

と、思いましたよ。どうせ、死ぬのなら、あたしゃぁ、潔く死にたいですよ（笑）。糞詰まりで死にたくないですよね（爆笑）。こんな間違いだったから、良かったんですけれどもね、随分、そそっかしい人がいるもんだと思ってね。なんか、呆れ返ったり、感心したりして、病院を退院して出てまいりました。

出て来てから、この看護師さんのことをホッと思い出して、よくあの手術の最中に、鉗子《かんし》をお腹の中に忘れたりなにかする先生もいらっしゃる。だから、世の中には随分そそっかしい方がいるもんでございます。

もっとも、噺家というものは、あんまり粗忽の方の悪口を言える立場じゃありません。凄いですよ。楽屋に至っては、落ち着いているようで、みんなそそっかしいですから……。かけてる眼鏡を捜してましたり（笑）、マスクしたまんま唾を吐いちゃったり（爆笑）、一番凄いのは、……落語を間違えること。

こりゃ、間違えるったって、普段演りつけている噺ほど間違えるんですね。ご案内の通り、ウチのほうの協会に春風亭小柳枝という方がいらっしゃいます。見た目には大変に落ち着いているようですけれども、大変にそそっかしい。この方がつい先日も新宿の末廣亭で、『権助魚』という落語を演っておりまして、焼き餅のお噺でございます。焼き餅焼きのおかみさん、先ほどの『厩火事』と同じようなものでございます。

焼き餅の噺をするときは、噺家が大概まくらをふりますが、このまくらは決まりきっております。で、大概、歌か何か一つぐらい譬《たと》えに申し上げるんですね。

「焼き餅は　遠火に焼けよ　焼（妬）く人の胸も焦がさず　味わいも良し」

これから、この焼き餅の噺に入って行きます。ったら、小柳枝さんが、この間、新宿の末廣亭にスッと上がってって、お辞儀をして、

「ええ、お笑いを申し上げます。

『焼き餅は　奴豆腐にさも似たり（笑）　はじめ四角で末はグズグズ』（笑）

う、うぅー？」

って、ここで、間違いに気がついたんですな（爆笑）。滅茶苦茶になってた。あたしは楽屋でひっくり返って笑ってました（笑）。

……ところが、笑っている場合じゃなかったんです、あたくしが。ちょうど、その日の夜です。ある会場で、やっぱり落語を喋ってました。『質屋庫』という、もうネタが公表《だし》てある。鳴り物が入って、いい心持ちで演ってました。サゲの間際に天神様が出てまいります。三味線に乗って天神様が梅の小枝を持って袖にさして、スゥーっと、と、お囃子でもって、ガクという鳴り物が入ります。

「東風《こち》吹かば　匂いおこせよ梅の花　主なしとて春な忘れそ」

天神様が、こう言う。それをあたしが良い心持ち。天神様が梅の小枝を持って、それぇ差して、すぅー、

「瀬をはやみ（爆笑）岩にせかるる滝川の……　うぅー！」

って、言いましたけどもね（爆笑）。噺家ってのは、間違うと必ず、「うぅー！」ってんですなぁ、あれ（笑）。滅茶苦茶になりました。すぐに小柳枝さんとこに電話して、

「小柳枝さん、安心しなよ。おれも間違えたから」（爆笑）

どーも、噺家ってのはそそっかしい。
世の中には、昔も今も随分粗忽な方がいらっしゃったようでございます。

『粗忽の使者』へ続く

井の中の蛙

一九八八年十二月十三日　イイノホール
にっかん飛切落語会　第一五九夜『毛氈芝居』のまくらより

お寒い中、ようこそお出でをいただきまして、どうぞお終いまでご愉快にお過ごしのほどをお願いを申し上げます。

何ですか今年は十月の上旬からたいそう悪い風邪が流行っているようでございまして、四日前にわたくしは、

「ああ、今年の風邪は悪いんだなぁ」

と、つくづくと思いました。寝込んだことがないウチの女房が風邪で寝てます（笑）。……いい塩梅です（爆笑）。本当に結婚して三十一年経ちますけど、二人の子供を産んだときに一週間ずつ二度入院して寝込んだのが……、初めてなんです。その鬼婆が（笑）、今、「うー、うー」唸って寝てますんでね。「こりゃぁ、酷《ひで》え風邪なんだな」と思ってます。……今日、女房の生命保険の証書を調べました（爆笑）。あたしの十分の一も掛けてねぇんでやんの。ガッカリいたしました、わたくしは。

まぁ、治らないことを心に祈って（笑）。

……でも、やっぱり夫婦ってのは、どうしてもしょうがないですね。一緒にいなくてはいけませんから。一緒にいるたって、一日中一緒に布団の中にいる訳じゃございませんですよ。どうしたって、ご飯食べるときでもなんでも。いなくちゃいけませんから、どうもこっちも伝染《うつ》されたらしいようでございまして……。

で、よしゃぁいいのに、ウチの近所の五階建てのマンションで大きな火事がありました。ちょうど三時ちょっと過ぎ頃でした。これで、あたしは寝間着一枚で飛び出して見に行っちゃったんです（笑）。そうしたら、やっぱり、今朝起きて、ゾクゾクっと寒気がして、

「ああ、風邪伝染された。伝染された」

って、女房に言ったら、

「火事のせいだ。火事のせいだ」

って、向こうは言ってますがね（笑）。

鼻声を出しております。昔から、

「女の鼻声は、千金の値あり。男の鼻声は、梅毒の憂いがある」

と、いうことになってます（爆笑）。決して悪い病気じゃございませんでして。お聞き苦しい点ございましたら、前もってお詫びを申し上げておきますが。

まあ、昔から我が日本にはいろいろないい言葉というもの、学校の勉強よりも、まぁまぁ、頭に入れておきますと役に立つような言葉というものが数多くございます。その中に一つに、

「井の中の蛙、大海を知らず」

というのがございます。まぁ、小さいところでもって、うじうじしておりますと、広いこの世間のことがまるで分からなくなるという譬えだそうでございます。

まあ、ただ今はこういう世の中でございますので、ものを知らないなんていう方はいらっしゃいませんが、昔はものを知らないなんていう方が、随分数多くいたそうです。特にお大名なんていいますと、それこそ「井の中の蛙」でございます。まるでものが分からなかったお大名がいたそうでございますがね。

あるお大名がお食事を召しあがっておりまして、御膳部の者に、

「これは何だ？」

「小松菜にございます」

「うーん、小松菜……。先日食した小松菜は、味といい、香りといい、歯触りといい、たいそう美味であったが、今日のは大分味が落ちるの」
「恐れながら、申し上げます。先日の小松菜は、葛飾の畑にて肥料に下肥《しもごえ》をかけました為に味もよろしかろうかと思います。また、本日のその小松菜は、お屋敷内におきまして肥料に干《ほ》し鰯《か》を用《もち》いた為に、少々味も落ちるかと存じますが」
「う〜ん、下肥をかけると味が良くなるのか？　苦しゅうない。これにかけて参れ」（爆笑）
そんなものかけられたら、どうにもしょうがありませんがな。これがまぁ、昔の本当のお大名の姿だったそうでございます。

『毛氈芝居』へ続く

江戸の美人

一九八九年四月二十九日　イイノホール
にっかん飛切落語会　第一六三夜『城木屋』のまくらより

※四月十一日、川崎の竹やぶから一億四千五百万円の入ったバッグが見つかり、さらに一六日には九千万円の入った手提げが発見された為、探しに来る人が大勢押しかけ『竹やぶ騒動』と呼ばれた。

まぁ、お忙しい中、川崎の竹やぶにもお出かけにならずに（笑）、……わたくしはリクルートのあとが竹やぶとは思いませんでした。こんなことなら十年前に竹やぶを買っておけば良かったと思って……。後の後悔先に立たずでございます。どうぞ、もう一席おつき合いのほどをお願いを申し上げます。

まぁ、いろいろとお客様方も、まぁ書物をお読みになって、また、我々もいろいろと調べてみまして、分からないことが一つございます。どういうことかと言いますと、この落語の発祥というものがハッキリと分かっておりませんでして……。

で、だいたいのことは言えます。

江戸の中頃に、櫛屋の職人で又さん（通称・京屋又五郎）という方がいたそうでございます。同じ長屋に住んでおります平賀源内という方に、

「どうです、又さん。向島の武蔵屋ってところで『噺の会』ってのがあるんですが、行ってみませんか？」

「なんです、源さん。その『噺の会』ってのは？」

「何だか分からない。ともかく〝初物食わぬは男の恥〟ってことがありますからね。つき合いなさいよ」

「そうですか。じゃあ、お供しましょう」

というので、平賀源内と櫛屋の又さんが連れだって、この武蔵屋にまいりまして、『噺の会』、今のこの落語の元のようなことを聴いていたらしいんでございます。一分線香即席噺。右を向いて左を向くとお終いになるような短いお噺ばかりでございます。

「向こうの空き地に囲いが出来たね」

「へーえ（塀）」（笑）

ですとか、

「この辺を台所にしようと思ってるんだけどなあ」

「勝手《かって》にしろい」（笑）

とか、

「おい、ハトが何か落っことして行ったぞ」

「ふーん（糞）」（笑）

てなことを聴いたらしいんでございます。面白くてしょうがない。自分も演ってみようというので、他人の家の二階を借りてはじめましたのが、この寄席のはじまりだそうでございます。で、三笑亭可楽《さんしょうていからく》という名前を芸名でお付けになったそうです。

大変にこの方は、背の小作りな方だったそうでして、「山椒は小粒で、ヒリリと辛い」、これをもじって三笑亭可楽、つまり初代でございます。

余談でございますけれども、あたくしがあるところで、「山椒は小粒で、ヒリリと辛い」と言ったらば、あるスポーツ新聞の芸能欄に大きく載せられました。

「歌丸は落語家のくせに日本語を知らない。『山椒は小粒で、ヒリリと辛い』とは、何ごとだ。『山椒は小粒で、ピリリと辛い』というのが本当だ」

とんでもない話でして、ピリッと辛いのはワサビでございます。山椒というものは、口に含みますと、〝えぐさ〟というものがございます。ですから、ヒリリと辛いというのが本当なんですが、言い難いためにいつの間にか、この、ピリリと辛いになってしまいました。

……お客様の前ですが、今まで、わたしに逆らった奴は、ほとんど早死にしていますす（爆笑・拍手）。多分、あの記事を書いたあの記者も、今年が三回忌あたりになるんじゃないかなぁと（爆笑）、思っておりますが……。

でまあ、毎晩のように可楽が高座に上ってまいりまして、こういう短いお噺を演っている。まあ、今のお客様でも昔のお客様でも、お客様方に変わりはございませんでして、こんな短い噺なんて、一遍か二遍聴くと大概の方はすぐに覚えてしまいます、……バカでない限りは（笑）。可楽が高座に上ってまいりまして、「向こうの空き地に」って言うと、お客のほうが、「へえ」って先に言っちゃったりなにかする（笑）。こりゃ、どうにもしょうがない。

で、この可楽が修業の為に旅へ出まして、このときに考えつきましたのが、〝三題噺〟というものだったそうでございます。

お好きなお客様でしたらば、ご案内の方もいらっしゃいますと思いますが、仲入り前に、皆様方から題を三つ頂戴をいたしまして、これをこの最後《きり》へ持って来て、落語にまとめてお喋りをする。普通の力で出来る技ではございません。

我々落語界で、神様と言われている三遊亭圓朝師匠が拵えた三題噺で、『鰍沢』なんというのが、未だに名作として残っております。まぁ、わたしたちもたまぁ〜に演ってます。日曜日の『笑点』という教育番組で（笑）、……何か間違ったことを言いましたか？　あたくしは（笑）。まぁ、三題噺なんと言って演っておりますけど、あんなものは三題噺には入りゃしません。あれは、三題噺のサンプルのようなものでございます。本当の三題噺というものは、いただいた三つのお題を一つにまとめて、三十分、四十分、五十分、筋のありますキチンとした落語にまとめますのが、本当の三題噺だそうでございます。

ある日、可楽が高座に上ってまいりまして、お客様方に、

「お題を、頂戴いたします」

と、お願いをいたしましたところ、その当時のお客様でございますので、出まし

たお題が、〝東海道五十三次〟、広重の浮世絵なぞでご案内だろうと思います。二つ目に出ましたお題が、〝伊勢の壺屋の煙草入れ〟。これは昔、お伊勢参りに行きますと、お土産として買ってきた物だそうです。壺の絵が描いてあって、中に〝や〟の字が書いてある。つまり、

「（手を打って）俺は、お伊勢参りに行って来たんだよ」

という証拠のような品だったそうです。これが、伊勢の壺屋の煙草入れ。三つ目に出ましたお題が、その当時、〝江戸一番の評判の美人〟という題が出たそうでございます。さぁ、題を貰って楽屋に引っ込んだ可楽が、考え込みました。最初にいただいた二つは、知っているから構わない。三つ目にいただいた当時の「江戸一番の評判の美人」を、一体誰にしよう……。じぃーっと考えておりました可楽の頭にふと思い浮かびましたのが、この当時、日本橋新材木町二丁目、城木屋《しろきや》庄左衛門《しょうざえもん》の一人娘でお駒さん。このお駒さんという方が、実に、イイぃぃぃぃ女だったそうでございますが（笑）。……別にそんな力を入れて言うことはないんですけどね。まあ、これが映画のほうですとか、歌舞伎のほうでございますと、金にあかしてそれなりの女優さんなり、あるいは玉三郎やなんかを引っ張り出しゃあ

いいんですが、向こうは大企業でございます。我々落語界は、小小《しょうしょう》企業でございますから（笑）、いい女を言うときにゃあ、なるたけ力を入れて言うようにしております（笑）。「イイ女」って言っちゃうと、ちっとも良く聞こえませんから（笑）、「イイいいいいい良い女」（笑）

と、まあ、これだけ力を入れて言いますと、お客様方の頭の中に、ご自分好みの美人というものを想像していただくわけでございます。ですから、ご自分の好きな美人を頭の中に描いていただきたいと思います。もっとも、この間、こう言ったら、そそっかしい人が丹下キヨ子を思い浮かべちゃった（笑）。あんなもんじゃ、クソの役にも立ちゃしねえ、本当にまあ（爆笑）。

まあ、その当時の美人の第一条件と申しますと、色が白くなくてはいけないということが第一の条件だったそうでございます。お駒さんの色の白さと言ったら、並や大抵の白さでなかったそうでして、雪に鉋《かんな》をかけて木賊《とくさ》で磨いたような白さでございます（爆笑）。裸になりますと、胸のこの辺に黒いものがある。「転んで拵えた痣ですか？」って訊いたら、そうじゃない。今朝食べた御御御付《おみおつ》けのワカメの実が（笑）、肋《あばら》の三枚目に引っ掛かってんのが、透けて見えたというくらいの白さでございます（爆笑）。

髪はカラスの濡れ羽色、三国を自慢で見せる富士額、眉毛は山谷の三日月眉毛、目はパッチリと鈴を張ったような黒目がち。……もっとも、白目がちだと見えませんですけどね（笑）。

そして、このお駒さんの鼻でございますが、顔の真ん真ん中にあったそうでして……（笑）、こう言いますと、大概のお客様は、

「人間の鼻ってのは、顔の真ん中にあるのは当たり前じゃねぇか」

と、信じ込んでいらっしゃいますからお笑いになりますけれど、失礼ですが十人女性なら女性を寄せまして、測ってみますと、九人ぐらいまでが鼻が上にずれているか、下にずれているか、右に寄ってるか、左に寄ってるか、中に外《はず》れっ放しって方がいらっしゃいます（笑）。

ですから、今日お見えのお若い女性の方で、今晩お家へお帰りになりまして、鏡を見ながら、こう測ってみますと、明日に希望が持てるか、隅田川に飛び込むか、どっちかでございます（爆笑）。是非、お試しいただきたいと思います。

そして、この、鼻の高さでございますが、……この、日本人の鼻というのは、あ

んまり高いと、この「険がある」といって嫌われたそうでございます。ですから、昔は、仮令《たとえ》器量が良くても、鼻が高いために、

「あの人は器量は良いよ。器量は良いけど、よーく見てごらん。鼻が高いだろう？天狗だね？」

って、天狗に見られる。で、これは今でもそうなんだそうですけれども、日本人の女の方の鼻というものは、あまりこの高い鼻よりも、いくらか低めのほうがいいんだそうです。……ホッとなさった方がいらっしゃると思います（笑）。但し、限度がありますよ、これは（笑）。いくら低いのがいいって言ったってね。鼻の行方を探して歩くようじゃ、どうにもしょうがない。高からず、低からず。そして、美人の第二の条件は、鼻の下は普通の女性よりも長めのほうが、美人の第二の条件だそうでございます。

実は、これは大分前の話でございますが、仲間と二人で青森に仕事に出かけました。まぁ、青森と言いましても、市内から車でもって一時間半ぐらい山の中に入ったところでしたが……。で、仕事が済んでからその町の旅館に帰って来まして、仲間と二人でお喋りしていました。

「なんだってね、本当にいい女ってのはよう、鼻の下が長《なげ》えほどイイ女なんだってな」

って、喋っていた。その宿の女中が、ガラッと障子を開けて、

「お茶、おはがぁんあはぁい」（笑）

拵えた長さじゃどうにもしょうがないです、これは。自然の長さでなくては。口がおちょぼ口。もっとも、これは現代の女性にも言えることでございます。特に女の方、結婚前の女性の方が男性の方とお食事をしているときに、必ずといっていいくらいこの口を小さく見せるために、仮令《たとえ》一口で食べられるものでも、箸で小さくちぎって、より一層口を小さく見せるために、この箸を縦に縦に口へお運びになります。これはもう、女の方が持って生まれたお色気だそうでございます。但し、女の方も結婚をしてしまって、子供が二人、三人、四人と出来ようものならば、色気なんかそっちのけ。食うものは食わなきゃ損だってんで、コロッケを一口にバクっとやる方がいらっしゃいます。こんな大きな口じゃ、どうにもしょうがない。そこへいきますと、お駒さんの口の小ささといったらなかったそうです。コシヒカリは、縦に入んなかったそうです（爆笑）。しょうがないから、横に入れとい

て、箸で押し込んだという小ささでございます。

肩が、なで肩。前へまいりまして、胸でございます。これもご案内の通り、昔の女の方の胸。あまり、この大き過ぎますと、鳩胸とか言って嫌われたそうです。特にこの和服を着る関係で、大きい胸を持っている方は、さらしでもってグッと押さえたりなにかして……。最近は変わりました。大きくないと魅力がないって、小さい方は何か買ってきて放り込んでいる方がおりますな（笑）。おっぱいのヘルメットみてぇな奴を。満員電車に乗ると、ずれていらっしゃる方がいる（笑）。お客様方の前ですけれど、あたしたち男性の目から見た女性の胸というものは、あんまり大きい方よりも、いくらか小さめの方のほうが、見た目に知性というものを感じるものでございます。バカでかい人から、知性は感じません。

中にゃあ、デカいのがありますなあ。ウチの近所に一人そういうカミさんが住んでいる。巨乳《でけ》ーのなんのたって（笑）。だからそのカミさんが夏場に暑いからって、上半身、裸で、お勝手拭き掃除しているのを、横から見ると、

「手足が六本あるんじゃねえか！」（爆笑）

と思うくらい大きい。そりゃ、大きいのは若いうちはイイですよ。張りがありま

すから。若いうちは胸の突先なんかも、この辺まで出っ張ってますけど、歳をとって来るにつれて、この辺も段々くたびれて来ますから、若いうちは上辺《このへん》にあった乳首も、歳をとると、下辺《このへん》にぶら下がっちゃったりする（笑）。今日みたいに、南っ風が吹くと、ブーラブーラ揺れていたりなんかする（笑）、これはどうにもしょうがない。お駒さんの胸の形というものは、実にいい形をしていたそうで……。別にあたしゃあ見た訳じゃありませんですから（笑）、これ以上詳しくは申し上げられませんです。

後ろに回りまして、お尻でございます。これもご案内の通り、昔は、風になよなよ柳腰。あるかないか分からないような幽霊尻《けつ》の幻尻《けつ》というのが良かったそうです（笑）。……これも、変わりました。マリリン・モンローから、現在《こっち》ですな。大きくないと魅力がないって、大きな尻《けつ》がありますね（笑）。後ろから見てると、尻がワンピース着て歩いてんじゃないかというような。

実は、会場《ここ》へ来るときも、そういうのに会った（笑）、イイノホールの下の階段で。あたしの前を階段を上がって行く。あたし、後ろからこうやって見てました。そんときに、そう思いました。

「ああゆう、大きなお尻から出るおならは、どういう音がするんだろう?」(笑)

ブーだのピーだの生易しい音じゃないと思いますよ。

「ズドドドドドドドドォーン」(爆笑)

そこへいきますと、お駒さんのお尻というものは、小さかったために、その音色の良かったこと(爆笑)。

「チンチロリン」

という音がしたそうでございますがね(笑)。

ともかくこのお駒さんという方は、頭のてっぺんから足の爪先まで、一点非の打ちどころのない美人だったそうでございます。古《いにしえ》の美女に譬うるならば、普賢菩薩《ふげんぼさつ》の再来か、常盤御前《ときわごぜん》か、袈裟御膳《けさごぜん》、お昼の御膳はもう済んだと言うくらいの美人でございまして(爆笑)。

で、この城木屋に一番番頭として勤めておりました丈八《じょうはち》という男。この丈八さんが、お駒さんに匹敵するくらい、一点非の打ちどころのない醜男《ぶおとこ》(笑)。

背がスラーと、低い(笑)。で、ゲジゲジ眉毛で、金壺眼《かなつぼまなこ》で、獅子《しし》っ鼻《ぱな》で、鰐口《わにぐち》で、出べそで脱腸で水虫とくりゃぁ、どうにもしょうがない(爆笑)。

　ところが、人間というものは、無いものねだりというものをするもんだそうです。この醜男の丈八が、江戸一番と騒がれましたお駒さんに、恋をいたしました。昔はこの主従の懸隔《けんかく》というものは、たいそう喧《やかま》しいものだったそうです。譬えにも、

「親子は一世、夫婦は二世、主従三世で、間男はよせ（四世）」（爆笑）

　と言うものでございますから。

　廊下なんかで、スッとすれ違いますと、

「お嬢様……」

　ってなことを言って、着物の袂《たもと》を引いたりなにかする。お駒さんにしてみれば、もう、嫌で嫌でしょうがない、丈八なんぞは。頭から、ポーンと拒否をしたいのはやまやまでございますが、そこは大家のお嬢さん。そういうはしたないことはいたしませんで。

「番頭さん、ご冗談はおよしあそばせ」

　軽くいなします。フラれればフラれるほど燃え上がる火事場の纏《まとい》（笑）。

　昔の歌の文句に、

「口説かれて　あたりを見るは　承知なり」

というのがございます。汚いお言葉で失礼でございますが、男性が女性をヒョッと口説いて、

「……う〜ん、……（あたりを見回して）……ダメよぉ〜ん」

ってのは、これは「イイですよ」って証拠だそうですな、これは（笑）。

ヒョッと口説いて、

「イヤァァァァ！」

てのは、まるきりダメなんだそうです（爆笑）。もう、『会津磐梯山』みたいな声を出されたんじゃぁ、どうにもしょうがない（笑）。

『城木屋』へ続く

ナイロビ、シドニー、真金町

一九九〇年四月二十日　イイノホール
にっかん飛切落語会　第一七五夜『壺算』のまくらより

※歌丸の出番の前に林家こぶ平（現・九代目林家正蔵）が、『犬の目』を披露した。

親子というものは、実に恐ろしいもんでございます（笑）。三平（初代）さん、そっくりですね。楽屋でもって、着物着て袴穿くとこまで、おとっつぁんに似ています。そのうちに、親父さんのあの有名なポーズ（どーも、すいません）をやりだすんじゃないかと思って、楽しみにしております。

秋も過ぎて今日あたりは、冬が来たような陽気でございます。お風邪などお引きになりませんように、一つおあとをお楽しみにご愉快にお過ごしのほどお願いを申し上げますが……。

先日、仕事でヨーロッパ、北欧、アフリカへ行ってまいりました。噺家も段々世界的になってまいりました。うーん、わたくしは、あのぉ、アフリカというのは、二度目でございまして、四年くらい前に、それこそアフリカの入り口でございますか、そこまでは行ったんでございます。ちょうど地図で見ますと、赤道のちょっと下になります。ナイロビ、ケニヤまで行ってまいりました。

仕事は一日でございまして、その前後二日間くらい、間がございました。向こうの方が気を利かせてくださって、あの、サファリでございますか、あそこへ見物へ連れてってくださいました。凄いですねぇ、もう。ナイロビからセスナに乗りまして一時間くらいでもって、キリマンジャロの麓に着きました。

ホテルがあります。で、朝早かったもんですから、朝食を食べてないんで、そのホテルでもって朝食を食べようと、皆で食べたんです。不味いのなんの（笑）。食えたもんじゃないですな。ただし、コーヒーは美味しゅうございました。本当のキリマンジャロでございましてね（笑）。

で、食事が終わりますと、車に乗せられて、あちらこちらと、動物のいるところへ。まぁ、日本にも、何々サファリなんというのがございますけれども、こりゃもう、日本のは全部、人工でございます。向こうは、もう大自然そのままでございましてね。もう目の前に象ですとか、まぁ、ライオンや何かが、まぁ生のまんまで歩いてくるんですからね（笑）。

で、運転手さん同士でもって、車がすれ違いますと、いろいろと、お喋りをしていました。あとで伺いましたらば、これは情報の交換をしているんだそうです。向こうに、今、どういう動物が出て、今、こっちに、どういう動物が出ている。伺いましたらば、ヒョウが子供を産んだというのです。

「じゃあ、そっちへ行こう」

というので、我々の運転手さんが、連れて行ってくださいました。いきなり我々のこの車の横に大きなシマウマが一頭、スウッと出てまいりました。とにかく、わたくしは、シマウマを目の前で見るなんていうのは、初めてでございます。いい歳をして大きな声でもって、

「あっ！　シマウマ！」

って、言った。そうしたら、運転していたその運転手さんが、急ブレーキをかけましてね。もう少しでもって車の外へ放っぽり出されるんじゃないかと思うくらいの勢いでございました。向こうの方なんですから、シマウマなんざぁ見慣れてんじゃないかと思って、あとで、よーく伺ってみましたらば、向こうの言葉で、「急

に止まれ」ということを、「シママ」と言うんだそうですけどね（爆笑）。随分ややこしい言葉が、あればあるもんだと思いましたけれどね。

帰ってまいりまして、四月の十日から一昨日までは、今度は、オーストラリアに行ってまいりました。凄いですね。カンガルーも、触ってまいりました。コアラも、抱いてまいりました。凄いですね。コアラの抱き方なんてえのは、しっかりこうやって抱いてますね。向こうの方が、抱かしてくださいます。落ちちゃいけないって、で、他の方のを見てますと、なんかこう軽くコアラを抱いている。で、わたしが抱いたコアラだけは、爪立てるんですね、背中へ（笑）。「何でだろう?」と思ったら、やっぱり痩せてるせいで、骨ばってるから、「落っことされちゃあいけない」と思って、しっかり抱きついてんじゃないかと思いましたが（爆笑）。

まぁ、ここで一つ、気がついたことがございます。ヨーロッパへまいりましても、オーストラリアへまいりましても、あんまり、特にあのオーストラリアあたりは、高層ビルなんというのは、まぁ、シドニーあたりですと、大分建っておりますけれども、街をちょっと離れますと、大概、平屋建てでございまして、で、ほとんど、もう二階家なんてのはございませんですね。本当の平屋建てでございます。

拝見をしておりますと、昔のこの、長屋というのを思い出しました。もう皆様方もご存じだろうと思いますが、昔は、この江戸っ子というものは、大概、この長屋というものに住んでおりました。それこそもう町人の一〇〇パーセントといっていいくらいは、この長屋住まいだったそうでございます。お差し支えがあったら、お詫びを申し上げておきますが、昔のあの長屋というものは、こう横に長《なご》うございました。ところがあの、ただ今はマンションですとか、あるいは億《おく》ションなんといいまして、縦に長《なご》うございますな。まぁ早い話が、横の長屋を縦にしたのと同じような理屈でございます（笑）。

ですから、本や何かを拝見いたしますと、昔の長屋住まいの人間というものは、義理人情に富んでいた。ところが、今はもうマンションですとか、アパートが、上に伸びておりますので、あまり人間の交流がないなんということを、よく見たり聞いたりいたしますけれども、これは無理ございませんですね。あの横に長い場合は、スウーっと歩いてこうやって覗きますと、家《うち》ん中が全部見えます。ところが、縦に長いと、どうしても人間というものは、人をこう見上げたり、あるいは見下げたりしなくちゃならない。それが為に、人間の交流というものが、段々段々無くなってきたんではないかと思っております。そこいきますと、まぁ、わたくしは、生まれも育ちも横浜で、真金町というところに住んでおります。

こらぁもう、下町の代表的なようなところ。昔は華やかなところでございました。色街でございます。東京で言いますと、吉原と同じようなところでございます。何を隠しましょう、わたくしの家は、その真金町のど真ん中で、富士楼という屋号で、戦前の遊郭、戦後の赤線、ああいう商売をしていた家でございます。

もうその下町らしい街並みが、わたくしの家なんか、まだまだ続いております。ですから夕方になりますと、隣のおかみさんが急に家に飛び込んできて、

「悪いけどさぁ、お醤油、ちょっと貸してくれない？」

なんてのは、未だに手前どもに続いている、何かこう人情みたいなものでございます。なかなか、真金町というところを離れられません。ですから、先ほども言いました通り、江戸っ子というものは、そういうところに住んでいる。ところがあの、お芝居の江戸っ子ですとか、あるいは小説のほうの江戸っ子と申しますと、大変にこの義理人情に富んでいて、正義感が強くて、弱きを助けて強きを挫く。これがこの、ああいうお芝居の江戸っ子でございますが、どうも我々落語のほうに出て

くる江戸っ子というのは、そうはまいりませんでしてね。どっかこう間が抜けたりなにかしておりまして。

『壺算』へ続く

癖のはなし

一九九〇年九月二十日　イイノホール
にっかん飛切落語会　第一八〇夜『小言幸兵衛』のまくらより

今も当会の責任者が、

「今日、夜まで台風があったら、どうしよう?」

という話になってまして、お陰様で台風様もどっか行ってしまったようでございます。明日っから大変涼しくなるそうでございます、一つご安心のほど。これ別に、わたくしが言った訳じゃあございませんでして、TBSの天気予報屋さんが言ってましたんで、責任はあちらの方に取っていただきたいと思っております(笑)。


昨年に引き続きまして、今年も胃カメラを飲まされてしまいました。何でもなかったんですけれども、どうも胃カメラを飲みますと、一ヵ月や二ヵ月、声の調子がおかしゅうございます。で、あんまり癪に障ったから、先生に言ってやったんです。

「この苦しさを、『笑点』の頭の挨拶で言う」

ったんですよ（笑）。そしたら、その先生も凄い先生でした。

「言ってみろ。毎月、飲ませるから」

って、凄い先生がいるもんだなって思って（爆笑）。お聞き苦しい点ございましたら、お詫びを申し上げておきます。

よくわたくしたち噺家が、癖ということを申します。まぁ、わたくしたち噺家にも癖がございます。羽織の紐を一所懸命こうやって、悪戯《いたずら》しながらお喋りをしている噺家がいるかと思いますと、わたくしたちがこの四季に離しません、この小道具の一つでございます、扇子でございます。この扇子をパチパチパチパチ鳴らしながら、このお喋りをしている噺家。こりゃもう我々のほうでは、一番悪い癖ということになっておりまして、失礼でございますが、お客様方の中にも、大変にこの、お癖をお持ちの方がいらっしゃいます。

特にこれは女の方に多いんでございますが、落語や何かを聴いてお笑いになるときに、あまりこの大きな口を開いて笑ってんで、隣近所にみっともないというので、掌でもってヒョッとこう口を押さえて笑う方。中には手の甲の方で、ヒョッとこう押さえて笑う方。これは気取った方でございます。凄いのになりますと、真横に押さえて笑う方がいらっしゃいます（笑）。中には押さえきれねぇほど、大きな口を持ってらっしゃる方がおりますがな（爆笑）。ですから、もう、人間、お癖というものは、どなたにでもあるもんだそうでして、昔からこの「無くて七癖あって四十八癖」ということを申します。

小言を言う癖なんというのがありまして、これはお若い方ではないそうでして、お歳を召しまして、

「うーん、今の若い者は、今の若い者は……」

これは悪い言葉でございます。今の若い者はどうとか、必ず仰いますけれども、じゃあ我々に言わせると、その今の若い者を拵えたのは、一体誰だと言いたくなりますけれどもね。

『小言幸兵衛』へ続く

挨拶は難しい

一九九二年六月二十二日　イイノホール
にっかん飛切落語会　第二〇一夜『くやみ』のまくらより

今年の風邪くらい悪質な風邪は、ございませんでしてね。お腹へ来るそうです。来るそうですじゃあないんです。来てしまったんです、わたくしが（笑）。食欲はあるんですがね、食べるとみんなアレになっちゃうんです。四キロ痩せました。ありがたいことに、四キロくらい痩せたって、わたくしは目立たない体質《たち》でございます（爆笑）。これは、ありがたいと思っております。

お医者様にも行って、お薬もいただいているんですが、なかなか抜けきれませんでして、世の中上手くいきません。抜けなくてもいい髪《もの》は、どんどん抜けてくし（爆笑・拍手）、「どうして、こう矛盾してるんだろう」と思っておりますがね。一つ、まあ、梅雨もこれからは後半に入りますんで、お気をつけになったほうが、よろしいんではないかと思っておりますが。

よく、お客様方から、声をかけられることがございます。あの、声のかけ方一つにいたしましても、そのお客様がどういう性格だというのを、見受けることができますですね。例えば、常識のあるお客様ですと、「こんにちは」、ですとか、あるいは、「こんばんは」、と、お声をおかけになって、それからこういろんなことを話をしていく、これはもう常識のある方です。常識のない方になりますと、いきなり名前を呼ぶ方がいらっしゃる。それも「さん」付けなんかしません。呼び捨てです。

「歌丸!」(笑)

税務署の人かしら? と疑ることがございますがな(笑)。このあいだ物凄い方に、お会いいたしました。ありゃ常識も何にもないですね。いきなりですよ、わたしんところへ、ツーッと来て、

「木久蔵(現・木久扇)ってのは、バカですか?」

って、訊いた方がいらしゃる(笑)。世の中で、こんな失礼な方はないですよね。彼の為にもわたくしは、ハッキリと返事をしました。

「そうです」

ってねぇ(爆笑・拍手)。いや、こう言うより他に手がないんですからな(笑)。ですから、もう、この挨拶一つによりましても、その人の性格というものを、見

抜くことが出来るということを、よく言います。噺家になりましたときに、師匠に言われたことがございます。

「背が高いと思った人間ほど、座っているときでも、立っているときでも、深々とお辞儀をしなさい」

ということを、言われました。まあ、わたくしの師匠は、ご案内の通り、米丸でございます。背の高い方です。噺家でもって、二番目に背が高い（当時）。一番背が高いのは、あの方なんです。えー、……あっ、圓楽（五代目）さん（笑）、どうも、あの人の名前を忘れてしょうがないんです、わたくしが（笑）。陰で「馬、馬」って呼んでますからね（笑）。あの圓楽さんが一番背が高いです。もっとも、うどの大木です（爆笑）。ただ、問題出して、アハハ、アハハと笑ってるだけですからな（笑）。あの人には、「神経があんのかしら？」と思うことが、よくありますが。

で、二番目に背が高いのが、わたくしの師匠なんです。わたくしの師匠の、その持論からいきますと、あの背の低い人というものは、ちょっとお辞儀したくらいでも、背が低いからお辞儀をしたように見えるってんですね。ところが、背が高い

と、少しくらいお辞儀をしたんでは、背が高いために、その会釈くらいにしか見えないので、誤解をされることがある。だから、

「背が高いと思った人間ほど、深々とお辞儀をしなさい。見る人によりますと、お辞儀の仕方でもって性格を見抜かれますよ」

という教えをもらいました。なるほど、その通りですな。これも一つの挨拶でございます。だからもう、挨拶というものは大変に難しいもんですが、その中でも、この難しい挨拶といいますと、結婚式のときの挨拶でございます。

まあ、皆様方もご経験者がたくさんいらっしゃると思います。わたくしたちも、こういう商売をしておりますので、仲間の結婚式ですとか、あるいは、知り合いの方の結婚式に、よく出席をさせていただくことがあるんでございますが、挨拶の上手い方になりますってぇと、短ーい時間でもって、要領よくまとめて、スッとこの終わる方がいる。下手な奴になりますと、長々と喋ってんのがいますな。

大分前ですけれども、知ってる人の結婚式に、出席をさせていただきました。で、主賓の方の挨拶やなんかというのは、大変にお上手でした。上手くまとめて、せいぜい一分か二分くらいでもって、スッと終わりになる。で、いよいよこの乾杯

のご発声ということになりました。この乾杯の発声をやった方が、新郎のおじさんに当たる方……、その当時でもって歳が九十いくつという方。

　またこのジジイが、元気なジジイなんです（笑）。でぇ、ね、乾杯の音頭ですから、みんなにこのシャンパングラスにね、シャンパンを注がれて、で、わたくしはお酒が飲めませんから、ああいうものは、もう飲む気もなんにもありませんけれどもね、形式ですからね。で、持ったら、その乾杯の音頭をとる方が、

「ご指名によりまして、それでは乾杯の音頭をとらしていただきます。その前に一言……」（笑）

　喋り出しましたのが、日露戦争から始まりましてね（爆笑）。これが、長《なげ》ぇーのなんのったって……、それで、わたしは、ちょっと用があるもんですので、失礼かと思いましたけれども、グラスを下へ置いて、ロビーへ出て電話を五か所かけて、トイレへ入って、「もう、いいだろう」と思って、席へ戻ってったらば、

「旅順攻撃の折りには！」

　って、まだやってましたからね（爆笑）。時間計りましたら、五十八分かかってました。乾杯の音頭が、五十八分ですからね。こういう人は結婚式に来ないで、焼

き場行ったほうがいいんじゃねえかと（笑）、このときにつくづくそう思いましたけれども。

で、この結婚式以上に難しい挨拶というのがございます。これも、ご経験者が多いと思います。……お悔やみでございますな。これは、難しゅうございます。相手はこの悲しんでるんですから、そこでもってこの挨拶をしなくちゃいけない。うん、こりゃもうなかなか難しい挨拶。ですから、お悔やみのこの挨拶がまともに出来れば、人間も一人前ではないかと思っておりますが。

『くやみ』へ続く

政治不信と就職難

一九九二年十二月十五日　イイノホール
にっかん飛切落語会　第二〇七夜『引っ越しの夢』のまくらより

※一九九二年は、一連の東京佐川急便事件で、金丸信自由民主党副総裁が辞任及び議員辞職。その後発覚した皇民党事件などで、政治不信の年となった。

お寒い中ようこそお出でをいただきまして、厚く御礼を申し上げます。どうぞ、お終いまでご愉快にお過ごしのほどをお願いを申し上げます。

もう、残り僅かでございます。髪《ここ》じゃございませんですよ（笑）。今、視線がフッと額《うえ》にいったような気がしたものですから……（笑）。

先日、イギリスのエリザベス女王が、

「イギリスにとっては、今年は嫌な年だった」

ということを仰いました。イギリスばかりじゃございません。日本でも嫌な年でした。たかが運送屋一軒の為に（……笑）、なんか日本中が滅茶苦茶になっちゃうような世の中でございました。（金丸信氏は）目の手術をなすったそうですな（……笑）。やっぱり目が悪いくらいですから、世間が見えなかったんでございますな（拍手）。でも、大変に良いことを教えてくださいました。五億の不正をしようと思ったら、二十万で済む時代だそうですね。あの勘定でいきますと、五千万円の不正は、二万円で済む訳でございます（笑）。今、一所懸命、二万円を貯めているところでございます（笑）。

あのう、早く、

「平成四年という年は、嫌な年だったね」

なんてんで、思い出になってくれればありがたいと思っております。

で、今、何ですか、今日も新聞を拝見いたしますと、大変な就職難だそうでございます。で、お若い方々が特に就職に困っている。昔は、職業安定所、最近は名前が変わりましたですなぁ。〝ハローワーク〟なんというそうです。凄い名前ですね。なんか、入っていくと、コーヒーとケーキが出るような名前ですけれど（笑）。まあ、一応、国が責任をもっていろいろなこの職業を紹介をしてくれる。昔、あたしたちは職業安定所と言いましたけれど……。

で、ありとあらゆる職業が登録されているそうです。……噺家だけはないそうです（笑）。あったっていいと思うんですよね。噺家になりたいけれど、どこへ行っていいか分からない。と、ハローワークに行きまして、

「すみません。噺家になりたいんですが……」

「どこへ、行きたいんです？」

「もう、噺家になれるんでしたら、どこでもいいんですが、どっかありませんでしょうか？」

「しばらくお待ちください」

係の方が帳面を調べまして、

「如何です？　圓楽さんのところで募集していますけれど」（笑）

「あそこはダメです。未だ借金がありますから」（爆笑・拍手）

弟子のほうが断ったり何かいたしますが……。

昔も、職業紹介所は、あったそうでございます。お歳を召した方に伺いましたならば、昭和の初期まであったということを伺いました。桂庵《けいあん》という名前で、関東地方は呼ばれていたそうです。上方のほうへまいりますと、口入《くちい》れ屋《や》という名前だっ

たそうです。

どういう店構えかと思いましたら、お店の中にお風呂屋さんの番台のようなものが置いてあります。そこに桂庵の番頭さんが、帳面を片手に持ちまして、奉公先を見つける方々が、この周りをぐるっと取り囲んでいて、「どういうところへ、どういう条件でもって奉公がしたい」と、番頭さんがいちいち訊いておりまして、

「長いこと待たせてすまなかったね。ああ、今から、皆のあれを訊いてみるからね。うん、あっ、お前さん、一番先に来たのかい？　ああ、そう。で、お前さんは、どういうところへ奉公がしたいんだい？」

「あたくし、あのう、小商いをしているようなお店に、奉公がしたいんでございますが……」

「小商いをしているようなところ、なるほど、お前さんは、そういう細かいことが好きなんだね？」

「そうじゃないんですよ〜。小商いをしているような家ですと、日銭でございますから、しょっちゅうお金が入って来ます。おつり銭が誤魔化せると思って」（笑）

「……泥棒《これ》の気《け》があるね？　ああ、ウチはダメだ。そういう人は口が利けないよ。

ああ、とんでもない話。そっちへ行っておくれ。こりゃぁ、驚いた。変な人が来るもんだね。あっ、そっちにいるお前さんは、どういうところへ奉公がしたいんだい？」

『引っ越しの夢』へと続く

歌丸の夫婦論

一九九五年七月二十日　イイノホール
にっかん飛切落語会　第二三八夜『三年目』のまくらより

あたくしごとで申し訳ありませんですが、所帯を持ちまして今年で三十八回忌を迎えます（……笑）。お客様方の前ですけれども、夫婦も三十八年やっていると、面白くも何ともないすね。会話なんてのは、何にもない。朝起きたって、「おはようございます」ひとつ言う訳じゃなし、出かけるときだって、「いってらっしゃい」と言う訳じゃなし、何の因果でこんなのがいるんだろうと思いますね（笑）。

あたしにだって、新婚時代はありました。新婚時代は、仕事や寄席で帰りが遅くなっても、必ず起きて待ってましたが、三十八年経ちますと、もう……（笑）、思い出しているうちに腹が立って来ましたけどね（笑）。

あたしだって、たまには、仕事が早く終わって家へ帰って、家でボォーっとしていてもしょうがないですから、勉強をすることもあります。いろいろな書物を繙《ひもと》いて、明日の日本の経済についてかなんかを一所懸命……（爆笑）。人が勉強してい

ると必ず部屋へ入って来て、

「お父さぁぁん、いつまでくだらないことをやってんのよ！　日本の経済よりもウチの経済のことを少しは考えなさいよ（爆笑）！　本当に！　煌々と電気をつけてメートルが上がってしょうがないわよ。起きてんだったら、あたし先に寝ますからね。寝るときに戸締まりして、後片付けをしてくださいよ」

亭主だか、奉公人だか、訳の分かんねぇことを言って（笑）、さっさと寝てしまう。こっちはしょうがないから、戸締まりして、後片付けして、寝ようと思って部屋に入って行って、ヒョッと見ると、もう（笑）、……枕から頭ぁ外して、歯ぎしりなんてのは可愛いものです……、入れ歯ぎしりの土手ぎしり（笑）。洗いざらしのパジャマ着て、ヘソを出して、

「ガァァァァァー」（爆笑）

取っ替えられるもんなら、取っ替えてみてぇなぁと思いますけどね（爆笑）。

やっぱり、ご夫婦となった以上は、生涯仲良く暮らすというのが、一番良いことではないかと思ってますけどね。もっとも、仲良く暮らすたって、程度がありますね。

あのう、よく新婚のご夫婦が、寄席にお見えになることがあります。とですね、落語を聴きながらお客席でもって、いちゃついてる夫婦がいる（笑）。これは困りますよ。見てるのは、あたし一人だけなんですからね（爆笑・拍手）。それ見て、あたしは何遍噺を間違えたか、分かりませんでしてね（笑）。

中には、のべつのべたら喧嘩をしている夫婦がありますなぁ。暇があると喧嘩をしている。で、「別れるかなぁ」と思うと、こういう夫婦に関してはあんまり別れない。喧嘩をする度《たんび》に、子供が一人ずつ増えていくという（笑）、……山田隆夫のところなんか、随分喧嘩してるんじゃないかと思ってますがね（笑）。

まぁまぁ、いろいろな事情があるにしろ、やっぱりご夫婦は仲が良いというのが一番良いことではないかと思っております。

『三年目』へ続く

噺家の妻は離縁しない

一九九八年三月二十日　イイノホール
にっかん飛切落語会　第二五六夜『おすわどん』のまくらより

※この日は、歌丸がトリの出番で、その直前の高座で三遊亭楽太郎（現・六代目三遊亭円楽）が、『浮世床』を披露した。

ただ今は、高座の上に大変汚いものをご覧に入れまして（爆笑）、お詫びを申し上げます。……何です、あの噺は（笑）？　最後は、〝かくし毛（芸）〟だって（爆笑）。あたしの前へ出て、毛の話をすんなって言いたくなりますよね（爆笑・拍手）。……あたしに逆らうだけ逆らって、「最期の舞台」だって言いやがぁんの（笑）。

お客様方の前ですけれども、今まで公私ともに、あたしに逆らった奴はほとんど早死にしてますな（爆笑・拍手）。今晩家へ帰ったら、香典袋の用意をしておこうと、覚悟を決めております。まぁ、どうぞ、もう一席、おつき合いをお願いいたします。

まぁ、あたくしは、自分自身があまり興味がございませんので、進んで見るということは決していたしませんですが、あの、何かの弾みで、テレビの芸能レポーター番組というんですか、あるいは、この日刊スポーツの芸能欄なんぞを拝見いたしますと、歌い手さんですとか、あるいは映画関係の方々、つまりお客様方から芸能人と言われている人たちの離婚率というのが、たいそう高いようでございます。

大勢の方々に祝福をされて、これは、あたくしに言わせればでございますが、途轍もない無駄なお金を遣って、立派な結婚式を挙げる。一年か二年ぐらい経ちますと、「性格が合わないから」と言って、離婚をなさいます。あたくしは世の中に、こんなに無責任な言葉はないと思っています、「性格が合わない」っての。合う訳がないんです。他人同士が夫婦になるんですから。合わない性格を、二人が上手くコントロールしていくのが、あたくしは夫婦の務めじゃないかと思っています。ですから、ああいう芸能人の方々の離婚率がたいそう高うございます。

そこいきますと、我々、噺家（笑）、芸人の離婚率は皆無と言ってもいいくらいでございます（笑）。……もっとも、この間、こう言いましたならば、お客様に質問されました。

「芸人と芸能人と、どう違うんだ?」

って、訊かれた。ハッキリ答えました。

「読んで字の通りだ」

って言ったんです(笑)。

「芸の人と書いて、芸人と読む。芸に能の無い人と書いて、芸能人と読むんだ」

って、ハッキリ答えました(爆笑・拍手)。そりゃぁ、芸に能のある芸能人もいますけれどね。


噺家で離婚して酷い目にあったのは、三木助(四代目)だけでございますんでね(爆笑・拍手)。

じゃあ、どういう訳で、わたしたち噺家の離婚率がそんなに低いかと、前に一遍調べたことがございます。だいたい、この噺家が結婚をする時期が決まっています。まぁ、ご案内のお客様もいらっしゃると思いますが、噺家に階級が三つございます。前座、二つ目、真打。階級たって、三つしかないです(笑)。もっとも、これも細かく分けて行きますと、真打の中でも、若手真打、中堅、幹部と分かれますが、平たく言いますと、前座、二つ目、真打、この三つだけです。あえてこの後を挙げますと、〝御臨終〟という位置があります（爆笑）。あんまりなりたい位置じゃないです。させたい奴はいくらでもいますけどね（爆笑・拍手）。

前座の修業を、だいたい五年間ぐらい務めます。で、二つ目になります。で、二つ目の期間が、まっ、これは人によってちょっと違うんですけど、だいたい十年ございます。で、ほとんどの噺家が、この二つ目の十年の間に結婚をいたします。

世間に、「食うや食わず」という言葉がありますけれども、我々落語界は、そうじゃないです。「食わずや食わず」という言葉でございます（笑）。第一あたしたち噺家ってのは、あまりモノを隠しません。貧乏でもなんでも、もう、自慢気にみんな喋っちゃいます。だから噺家の女房《かみ》さんになろうなんていう人は、端《はな》から貧乏を承知で来ますから、意外と辛抱強いです。亭主がなんとかなったときに、少しぐらいの理由で別れちゃ損だという気が起きるらしいですな（笑）。

まぁ、あたくしごとで申し訳ありませんが、結婚をいたしまして今年で、四十二回忌を迎えます（爆笑）。未だに、ウチのかみさん、家にいます（笑）。夜帰ると、ああちょろちょろって出て来ます（笑）。……ゴキブリと同じような存在ですな、ああなりますと（笑）。

しかし、お客様方の前ですけれども、夫婦も四十二年やってると、夫婦の会話なんてのは、何にもないですね。あたしは四十二年経った夫婦の間に、こんなに会話がないものかって、今年のお正月まで気がつかなかった（笑）。何で気がついたかと言いますと、子供たちは自分の子供たちを連れて、二泊三日ぐらいでどっかに遊びに行っちゃった。で、あたしとかみさんと二人きりになりました。

で、あたくしは昼間仕事がありませんと、朝、いつまでも寝てる性分なんです。血圧が低いせいですか、あんまり朝早く起きるってのは得意じゃありません……、釣り以外は（笑）。釣りのときは、（午前）二時だろうが、三時だろうが（笑）、目覚ましの鳴る十分前には、必ず目が覚めますからね。仕事に行くんで七時に起きるなんていうと、ブーブー言いますから（笑）。もう、九時だろうが十時だろうが、寝てます。

それが為に、間違っているっていうのは知ってますけど、もう何十年となく朝ご飯というものを食べたことがありません。実はあたくしは、一日二食なんです。お昼と夜と一日二食。それでこのスリムな体型を保ってます、あたしは（爆笑・拍手）。

で、その日も十時近くまで寝てましたか……。で、起きて来てから顔を洗って、新聞読んだり、お茶飲んだり、煙草吸ったりして、十二時ちょっと過ぎでした。あたくしのお昼ご飯兼朝ご飯、食べてました。真剣に食べてました。そりゃぁ、二度のうちの一度ですから（笑）、真剣にならないと、皮になりませんからね（……笑）。あたくしの場合は、身にはならない（爆笑）。皮にしかならない。毛にもならない（爆笑）。

食べてた。たら、かみさん、ここでもって、猫を抱いて、テレビを観てるんですね。で、あたしは一所懸命食べてた、で、いきなりですよ。パッと後ろを振り向いて、

「お父さん、晩のご飯のおかず、何にする？」

って言うんですね（爆笑）。昼飯食ってるときに、晩飯のおかず訊くなってんの（笑）。そう言われりゃぁ、ついこっちだって、面倒くさいですから、

「何でもいいよ」

って、こういう風に言ったんです。夜になったら、本当に何でもいいおかず（爆笑）。猫もまたいで行きました（笑）。あとで考えたら、この日で夫婦で交わした会

話ってのは、これだけでした（爆笑）。
明くる日、記念の為にかみさんに、歌を一首贈りました。どういう歌を贈ったか
と言いますと、
「今はただ　飯食うだけの　夫婦かな」（笑）
そうしたら、生意気にかみさんが、あたしに返歌をしました。
「今はただ　小便だけの　道具かな」（爆笑・拍手）
って、何だいあれは？　名前は富士子っていうんです（笑）。富士山の富士って
書くんです。顔を見ると、恐山《おそれざん》みてぇな面《つら》してます（爆笑）。もう、色っぽくない
ですよ。亭主の傍でいびきはかくし、屁はするし（笑）、……そりゃぁ、おならだっ
て、「するな」じゃないですよ。丈夫だから出るんですから、堂々とやれって言う
んです。ブゥーってね（笑）。もう、こういう音が出ないんですね。プパラララ
～、こんなの（爆笑・拍手）。破れ障子に北っ風が当たっているような音になって
る。出口に皺の寄っている証拠です（爆笑）。……段々、楽太郎の噺と同じよう
になって来ちゃった（爆笑・拍手）。あの、すいませんけど、今、言ったこと、
女房に内緒にしていてくださいよ（爆笑）。こんなことを言ったなんて知れた日

にゃぁ、どんな酷い目にあわされるか分かりませんが……。

まぁ、今は何ですね、日本のお若い男性でも、女性でも、簡単に恋愛をして、簡単に結婚して、簡単に離婚をするような時代になっちゃいました。どうしてこんなになっちゃったんだ。古い考えかも分かりませんですが、「辛抱」という「棒（抱）」が抜けていて、「話し合い」という「愛（合い）」が欠けてる証拠ではないかと思ってます。まぁ、今日もお客席にこれから結婚をしようというお若い男性、女性がいらっしゃいますけれども、特別に夫婦になって長持ちをする秘訣を一つお教えいたします。

縁あって夫婦になって長持ちをしようと思ったら、甘～い新婚時代なんていうのはせいぜい二日か三日です（笑）。夫婦になって長持ちをしようと思ったら、まず一番肝心なことは、……諦め（爆笑）。二番目が、惰性。あとはお互いの生命保険を頼りにつき合うより手がない（爆笑・拍手）。どっちが先に使う立場になるか？今、あたしはこれに賭けてます（笑）。多分、向こうもそうじゃねぇかと思ってますけどね。

まぁ、ご夫婦円満ということが一番良いことじゃないかと思っております。江戸時代のお噺でございます。

江戸は下谷の阿部川町に、呉服商を営んでおります上州屋徳三郎という方がいたそうでございます。おかみさんの名前をお染さんといいまして、このご夫婦がたいそう仲のいいご夫婦でございます。ご案内の通り昔は、「男女七歳にして席を同じゅうせず」という野暮なことを言っていた時代……。

失礼でございますが、今日お見えのお客様方の中でも、お歳を召した方でしたらご経験者がいらっしゃると思います。昔はこの仮令《たとえ》ご夫婦でも、今のお若い方のように表を歩きますときに手をつないで歩く、あるいは肩を組んで歩くなんというのは、夢にも考えられない時代だったそうです。昔の夫婦の歩き方というものは、旦那様が前を歩いて、奥さんがあとからくっついて行く。これが夫婦の歩き方だったそうです。旦那様が前で、奥さんがあと。例えば旦那様が、当イイノホールの前を歩いているとすると、奥様は秋葉原の駅前あたりで、ズゥーッとあとをくっついて行く（爆笑・拍手）。

『おすわどん』へ続く

鼻茸騒動記

一九九九年三月二十四日　イイノホール
にっかん飛切落語会　第二六二夜『尻餅』のまくらより

お詫びを申し上げます。本来でございますと、談志がお目通りをするんでございますが、今回は本当の病気だそうでございます（笑）。まぁ、大きな病気をやってるために、う〜ん、そうですね、もう明後日あたりが命日に（爆笑）、……なるんじゃないかと、まぁ、一つお客様方も楽しみにお待ちになっていただきたいと思います（笑）。おあとをお楽しみに、ご愉快にお過ごしのほどをお願いをいたします。

人間、災難というものはどこにあるか分からないということを、去年の秋でございましたか、身をもって経験をいたしましたね。ウチで朝寝ておりまして、他人の手で、鼻と口を押さえられている夢なんです。これは苦しかったですね。で、押さえている奴が楽太郎（現・六代目三遊亭円楽）なんです（爆笑・拍手）。あらぁ、悪い奴ですね、あいつは。他人の夢の中まで出て来てやがって（笑）。……あんまり苦しいんで、目が覚めました。

で、目が覚めても息が出来なくて苦しいんです。で、これは驚きまして、すぐに病院に飛んで行って診ていただいたら、この、鼻の中に〝鼻茸〟と言うんですか、あれが出来てしまっているために、息を吸ったり吐いたりする道が塞がっている。だから、苦しいんだ。息が出来ないってのは、金がないより苦しいです（笑）。

で、先生に、

「これどうしましょう?」

って訊いたらば、

「これは潰すより他に手がありません」

と言われて、このときに感じました。

「鼻茸《はなたけ》だの、若竹《わかたけ》ってのは、潰れるもんなんだなぁ」

って思ったのは（爆笑・拍手）。まぁ、お陰様で十二月に手術をいたしまして、今度は通りが良くなったんです。スゥースゥースゥースゥー、寒いのなんのったって（笑）、今、鼻とおでこで風邪を引きそうでございます（笑）。

まぁ、お客様方も、ご経験者がいらっしゃると思いますが、病院というところは、退屈なところでございます。何にもないんです。パチンコ屋もないし（笑）、映画館もないし、テレビを観ても面白くもないし、ラジオを聴いても……、今のラジオの歌なんか、何がなんだか訳の分からない歌です。ドイツ語の歌のほうがよっぽど分かりがいいと思ってますがね（笑）。

何かこの機会に勉強をしようと、フッと気がつきまして、

「そうだ、川柳というものを少し勉強してみよう」

と、思いまして。もうご案内の通り、あたしたち落語家と川柳というものは、切っても切れないご縁がございます。平たく言いますと川柳というのは、落語の小噺と同じようなものでございます。あの短い文句の中に、いろいろな皮肉風刺お色気なんというものが歌い込まれております。

家にあります川柳の本を持って来てもらって、一所懸命川柳に目を通しました。で、川柳の中で、「こんなに傑作なものは、ないんじゃないか？」と思うような川柳を、一つ発見いたしました。どういう川柳かと言いますと、

「元日や　今年もあるぞ　大晦日」

ってのが、ありました（笑）。なるほど、その通りです。元日が来れば、その年の大晦日が来るのが当たり前でございますんで……。ですから、今年もあと九ヵ月

ちょっとで（笑）、大晦日が来る訳でございます。ですから、今日お見えのお客様方も、寄席が済んでお家にお帰りになったら、そろそろ大晦日のお仕度なぞをし始めたほうが（爆笑）、まぁ、慌てないで済むんじゃないかと思います。

まぁ、ご案内の通り、あたしたち落語の主役と言いますと、大概、この長屋の住人ということになっておりますが、昔の長屋の住人の、この、暮れなんと言いますと、今のもう、我々には想像もつかないような、こんなこの騒ぎをしたというのが、この長屋の暮れだったそうでございまして……。

「ちょっとおまえさん、何だね、さっきから、そこへぶっ座り込んで、……汚いねぇ、鼻くそばかりほじくっててさぁ。みっともないから、およしよ」

「……イイじゃねぇか（笑）。俺の鼻を俺がほじくるんだ（笑）。誰に文句を言われることもありゃしねぇ。……いあや、お前の前だけどね。ここに一つ、取れそうで取れないのがあるんだよ（笑）。この取れそうで、取れねぇってのは、気になってしょうがないんだよ。取れたらよそうと思って、俺……。取れたよ！（食べる）」

「汚いね！　この人《ひた》ぁ！」

『尻餅』へ続く

いまの教育事情

一九九九年七月二十六日　イイノホール
にっかん飛切落語会　第二六四夜『鍋草履』のまくらより

今のお子供さんは、かわいそうです。学歴優先の世の中、あたくしに言わせればこれは、大変な間違いだと思っています。人間の真の本質というものは、決して学歴ではないと思っています。……能力だと思っています。親は自分の子供の能力を一日でも早く見いだしてやって、そのほうに道を向けてやるのが、あたくしは親の責任ではないかと思っています。

ところが、失礼かも分かりませんですが、近頃では自分の子供の能力も見いだせないような、ひ弱な親がいる。子供の作り方は知ってんです（笑）。育て方を知らない。山田隆夫と同じような者が増えてまいりましたなぁ（爆笑）。

それが証拠には、特にお母さん、若いお母さんが自分の子供に向かって、

「勉強しろ。塾へ行け」

と、二言目には、

「お前は、勉強が出来ない。頭が悪い」

今の世の中、頭の悪い子供なんか、一人もいません。全部頭が良いと思っています。それが証拠には、テレビゲームをやらせてご覧なさい。上手《うめ》ぇのなんのったって（爆笑）、敵う大人なんぞ一人もいやしません。頭が悪かったら、あんなこと出来る訳がない。

まぁ、今日も、お母さん方がたくさんいらっしゃいますんで、老婆心ながら一言ご注意申し上げておきますが、自分のお腹を痛めた子供に対して、あんまり、

「勉強出来ない。頭が悪い」

って、言わないほうがいいです（笑）。……半分は責任があるんですから（笑）。第一そんなことを言うと、復讐されます。復讐ったって、今の子供は頭が良いんですから、昔の子供のように金属バットなんか使いません。心理的な復讐で来ます。どういうことをされるかと言うと、母親が子供に対して、

「お前、勉強出来ない。頭が悪い」

と言うとですね、子供が一応勉強するふりをして、で、勉強の途中で、数学なら数学の教科書を母親のところに持って行って、

「お母さん、勉強していて分からないけど、これどうやってやるの？」

って訊かれて、答えられる母親いますか？　大概、こういうときに、お母さんの言う言葉って決まっている。何て言うか？

「お父さんに訊きなさい」

って言いますね（笑）。で、訊かれたお父っつぁんは何て言うか？

「何の為に学校へ行ってんだ？」

それで、お終い（爆笑）。そんな親だったら、まぁ、「勉強しろ」だの、「塾へ行け」と言う権利は何にもないと思ってます。そりゃまぁ、学校の勉強というものは、学校の先生に任せておきゃぁいいんです。

……もっとも、なんですね。……あんまり大きな声じゃ言えませんが、っといって、小さい声じゃ聞こえませんから（笑）、普通の声で言いますけれども（爆笑）。

近頃、任せきれない先生が増えて来ましたねぇ。三年ほど前に、一分だか、一分三十秒の遅刻で女子生徒を校門に挟んで、尊い命を奪った先生がいました。先生をやる資格なんぞ、まるでないと思っていますけど。まぁまぁ、あんな先生なんぞは一摑みだと思いますけれども……。

学校の勉強は学校の先生に任せておいて、親御さんは家庭にいて、自分の子供が世の中に出て人の道に反しないように、あるいは、人に迷惑をかけないような人間に育てるのが、あたくしは親の責任ではないかと思っています。だから、昔はよく、「家庭教育、家庭教育」ということを言いましたけれども。今は、もう、家庭教育というものがゼロに等しい時代になりました。

その一つとして、あたくしたちは、ご幼少の頃には（笑）、……いえ、ガキの時分には（笑）、家《うち》の者がですね、

「人を呼ぶときには、『さん』付けにしなさい。『君』付けにしなさい」

ということを言われました。これはもう、家庭教育の一環だと思っています。うっかり、友達を呼び捨てにしてしまいますと、うーんと怒られた経験がございます。ところが今は、あんまりこういうことを教えない。それが証拠には道を歩いていて、よく子供さんから声をかけられます。この声のかけ方を見たり、聞いたりしてますと、親御さんがしっかりしているか、だらしのない家庭に育ったガキかって、すぐに分かりますね。

親御さんがキチンとした家庭教育をしている家の子供さんというのは、必ず『さ

ん』付けで呼んでくれます。

「歌丸さん」

小さい子供さんですと、

「歌丸おじさん」

で、こう声をかけられれば、どんなに急いでいるときでも、

「学校の帰り？　車に気をつけてね」

仮令《たとえ》一言でも二言でも、声をかけて別れるようにしてます。

親がだらしのない家庭に育ったガキってのは、全部、呼び捨て（笑）。それも、普通の呼び方じゃない。憎しみを込めて、呼びやぁがんの（爆笑）。

「歌丸ぅ！」

って言いやがんの（笑）。もっと酷い奴になると、

「ハゲ！」

って奴がいやがんの（爆笑）。これ、日本語を知らない日本人です。ハゲってのは、頭に毛が一本もないことをハゲってんです（笑）。これだけあれば、あと三百年はもつと思ってますからね（爆笑・拍手）。……頭へ来ますよ。よっぽど「後ろ

から追っかけて行って、張り倒してやろうかしら」と思うことがあるんですが、うっかりそんなことをしちゃってね。梨元（当時の芸能レポーター）にあとをつけられちゃいけねぇと思うから（爆笑）、グッと我慢しますけれど。

だから、もう、こういう教育の仕方というものを、ハッキリと、あたくしは決めていくべき時代になっているのではないかと思っております。ですから、もう、学校の勉強というものは、学校に任せておいて、子供の、今も言う通り土台作りですから、肝心かも分かりませんですが、世の中に出てからの勉強というものも、あたくしは大変に必要なことではないかと思ってます。

『鍋草履』へ続く

人を誉めるとき

二〇〇〇年三月二十二日　イイノホール
にっかん飛切落語会　第二六八夜『厩火事』のまくらより

お寒い中ようこそお出でをいただきまして、御礼を申し上げます。先ほども鳳楽さんが、

「暑さ寒さも彼岸まで」

ということを仰いましたが、今年からこれが変わるそうでございます。

「暑さ寒さも彼岸から」

ということになるそうでございます（笑）。まぁ、どうぞおあとをお楽しみにご愉快にお過ごしのほどをお願いを申し上げます。

時代が変わるとともに、言葉というものが大分変わってまいりまして……。特にあたしたちがついていけないのが、近頃のお若い方、特に女性の方の遣っている言葉、「真似をしろ」と言われても、真似は出来ませんけれど、極端に言いますと言葉尻を延ばして上に上げるって喋り方……。

「言ったらばぁ〜。……やってぇ〜。それでぇ〜」

バカです、あれは（笑）。我々の噺のほうに、こういうまくらがございます。

「人を誉めるときには、顎を引け」

ってのがあるんです。人を誉めるときには、顎を引け。

「……いい男だね……」

「いやぁ、いい男だよ」

顎を引くから誉めたことになる。あれ、間違って顎を出すとどうなるか？

「イイ男だねぇ〜」（笑）

って、バカにしたことになるんです、これは。とまぁ、言葉尻が延びて上に上がっているということは、みんな人をバカにして喋ってる言葉、う〜ん、どうも、ああいうものには、わたしたちはついていけませんでして。

それと同時に昔遣っていた言葉でも、現在はまるで遣われなくなってしまったという言葉がございます。死語になってしまった。どういう言葉かと言いますと、まぁ、数多くあるようですが、中でも、この「髪結いの亭主」という言葉がございました。「髪結いの亭主」……。まぁ、今日お見えのお客様でも、ある程度の年代の方でしたら、ご理解がいただけると思いますが……。

昔は、女の方の髷を結う髪結いさん、これはもう、女の方の職業でございます。ですから、女の方が働いて、その亭主というものは家にいてブラブラブラブラしている。ですから、この何にもしないでブラブラしている男《ひと》のことを、

「ありゃぁ、髪結いの亭主だね」

ってなことを、言いましてね。つまり、女性に食わしてもらっている訳です。今で言いますと、〝ロープ〟でございます（笑）。……別に英語を遣うことはないんですけれども……。知ってて言わないのも残念でございますからね（笑）。

いやぁ、亭主は何にもしないかと言いますと、そうじゃございませんでして、いくら髪結いさんでも、おかみさんが一日働いているんですから、亭主のほうは家にいて、洗濯をしたり、あるいは食事《ごはん》の仕度をする。

そういう具合ですから、この焼き餅なんというものが、必ずと言っていいくらい、そこに出たそうでございます。

「焼き餅は　遠火に焼けよ　焼（妬）く人の　胸も焦がさず　味わいも良し」

なんということを、言うようですが。焼き餅というものは、こんがりと狐色に焼

く焼き餅というのが一番いい具合に焼いた焼き餅だそうです。

中には、真っ黒に焼く人がいますな。どっかの噺家の腹みてぇに（爆笑・拍手）。まぁ、こう言や名前言わなくたって、楽太郎（現・六代目三遊亭円楽）だって、ハッキリ分かると思いますけどね（爆笑）。

ですから、このご夫婦の仲でも、まぁ、女の方の特許のような具合に焼き餅というものはなっておりますが……、あまり、この、奥さん方の焼き餅が激し過ぎますと、家庭の仲も具合が悪くなるようですけれども……。

『厩火事』へ続く

花魁を公務員に！

二〇〇〇年十一月二十二日　イイノホール
にっかん飛切落語会　第二七二夜『お見立て』のまくらより

お寒い中ようこそお出でをいただきまして、どうぞお終いまで一つご愉快にお過ごしのほどをお願いを申し上げます。

多分、トリ（立川談志）は、……今日は、来ると思ってます（爆笑）。ただ、あんまり当てにしないほうがよろしいようです。

まぁ、人にはそれぞれ思い出というものがおありになると思います。……そうですね、あたくしと同年配以上の男性の方が、生涯忘れられない思い出というのがあると思います。昭和三十三年三月三十一日という日でございます。日本全国から、赤線の灯がパッと消えました。

ご覧なさいよ、ああいうものがない為に、凶悪なる犯罪ですとか、特にあんなストーカーなんというのが、あるいはこの悪い病気なんというのが大流行して、まぁ、奥様方、お嬢様方の間で失礼かも分かりませんですが、本当はなくてはいけないものなんだそうでございます。ですから、もう、思い切って改革をして復活させればいいんです。……だから、システムを変えれば良いと思っています。

昔は、ああいうところに勤めた女の方を金で縛ったからこそ、そこに問題があるんですから。今度は、この全部改革をして、復活をさせて、勤める女の方を、全部、国家公務員にすればいいんです（爆笑）。

国が責任をもって保証をする。……ただそうなると、遊びに行く男のほうは、気詰まりだと思いますよ。昔のように一杯飲んだ勢いで、

「行こうか？」

ってな訳にはいきません。相手は公務員ですから（笑）。先ず、遊びに行こうという計画を立てましたならば、最寄りの区役所にまいりまして（爆笑）、書類を貰って来なくちゃいけない。で、ここへ、いろんなことを書き込まなきゃいけませんでしてね。本名は勿論のこと、現住所から本籍地、どういうところに勤めていて、年間どのくらいの収入があるか？　税金の滞納は、あるか、ないか？　年に三回は落語を聴いているか？　いろんなことを書かなきゃいけない（爆笑）。

で、これを役所のほうへ提出をする。相手はお役所仕事ですから、許可が下りる

までに最低十年（笑）、ちょいと蹴躓《けつまず》くと二十年ぐらいかかる。許可が下りた時分には、こっちが役に立たなくなってたりなんかする（爆笑）。こりゃぁ、具合が悪いですなぁ。

『お見立て』へ続く

腸捻転の入院騒動

二〇〇一年五月二十一日　イイノホール
にっかん飛切落語会　第二七五夜『毛氈芝居』のまくらより

人間、分からないということは、いつ起きるか分からないというのを（笑）、去年の暮れの二十六日に、身をもって体験をいたしました。二十七日の日にお弟子さんたちが大掃除をしてくれるというので、前の日に少し自分の部屋を片付けておこうと思って……。自分の部屋には、あたくしは弟子は入れません。物がなくなりますから（爆笑）。

で、片付けていた。ちょっとトイレに行きたくなったもんですから、これは夜の十時ぐらいでしたが、トイレに入りまして、用を足して出ようと思う途端に、お腹の中に手を突っ込まれて掻き回されるような痛みを覚えました。最初は何だか分からなかったんですが、あまりの痛さに声も出ませんでして、で、フッと思い出しまして、「これは腸捻転じゃないか？」と思った。

で、実は、仲間の木久蔵が（笑）、大分前ですけれど腸捻転に罹りまして、で、甘く考えていて、やっぱり痛みが酷くなって、お医者さんに行ったら、その先生に言われたそうです。

「木久蔵さん、あと一時間遅かったら、命にかかわることだったんですよ」

って、言われたそうです。……惜しかったです（爆笑・拍手）。

それをあたくし、ヒョッと思い出したもんですから、「こらぁ、腸捻転だ」と思って、手遅れになっちゃいけないと思って、救急車を呼んでもらって病院へ運搬されました。とにかくこっちは、もう、痛くて痛くて、口も利けませんでした。

まぁ、あとで聞いた話ですが、強い痛み止めを三本続けて打ったんですが、それも効かなかったそうです。その最中にレントゲンを撮ったり何かしている。で、分かったことは、大腸と小腸の間に直径二センチの穴が空いている。

で、明くる日の朝、緊急手術ということになりまして、……まあ、手術が済んだら、その痛みはとれました。

で、意外だったのは、最初に、あたくしの病室に見舞いに来てくれた人間……、誰だと思います（笑）？　楽太郎（現・六代目三遊亭円楽）だったんです（爆笑・拍手）。本当に一番先に来ましたね。それから、あたくしは、腹の中で思いました。

「普段いろんなことを言っているけれども、俺の身の上を心配しててくれるんだなぁ」

っと、思ってね。で、楽太郎があたしの枕元で、

「大丈夫ですか？　大丈夫ですか？」

「大丈夫だよ。楽《らく》さん、忙しいところありがとう」

「どういたしまして」

ヒョッと気がついたら、あたしの点滴の管を握ってんですね、あいつね（爆笑・拍手）。……もっと驚いたのが、楽太郎が帰ったあとに、見舞いにもらったメロンが二つなくなってる（爆笑）。……やっぱり、悪人でした。ああいうのは早く死刑にすべきだと思ってます。

で、先生があとで仰ったんですけれども、

「どういう訳で、その大腸と小腸の間に大きな穴が空いたか、徹底的に調べさせていただきます」

と、仰いました。うんと悪い病気ですと、そういうことがあるんだそうですが、ところがですね、手術のあとに、それを取って調べましたけれども、……まるで原

因が分からない。実は未だに分かりませんでしてね。退院するときに先生が、

「多分、ストレスではないか?」

と、仰いましたがね(……笑)、で、

「歌丸さん、何かストレスの溜まるようなことに(笑)、覚えがありますか?」

って、訊かれたから、

「多分、そのストレスは、楽太郎でしょう」

って、あたくしは言っておいたんですがね(爆笑)。

未だに、その原因が分からないで、まぁまぁ、今でも病院に通っておりますけれども、まぁ、だから、世の中には分からないなんということも、……もっとも、そういう病気ばかりじゃございませんでして、今の世の中は、もう、あたしたちがついていけない世の中になりました。

例えばウチの弟子なんか、一所懸命パソコンやったり何かしていますけれども、あたしゃぁ、あんなものは覚える気になりませんね(笑)。あれを覚えるんだったら、あたしゃぁ落語を覚えます(笑)。そのほうが、よっぽどいいですからね。

で、携帯電話の使い方、もっとも、わたくしも携帯電話を持ってないことはな

いんです。持ってるんです。初期の頃の携帯電話ですから（笑）、重いですよ。但し、どこからもかかって来ないんです（笑）。なぜかと言いますと、スイッチを切ってあります（笑）。だから、もう、かけるだけの携帯電話なんです。だから、今、何とかメールって言うんですか？　あんなものをお若いお方がやっていますけれど、新しい携帯電話に買い替えて、そんなものを覚えるなんという気は、何にもありません。

もしも、新しい携帯電話に買い替えてですよ、メールや何か、今のあれを買って覚えて、どっかの裁判長みたいに捕まったりなにかしたら（爆笑・拍手）、……酷いもんですね。判決出していたのに、これからは判決を受けるようになんなきゃなんない、あいつは（笑）。

もう、こういう科学の時代がドンドンドンドン進んでまいりますんで、それでも、あたくしたちはついていけなくなります。もう、大昔は、もっともっとモノを知らない人間なんというのが、数多くいらっしゃったんではないかと思います。

まぁまぁ、江戸の町人にいたしましても、モノを知らない方がいらっしゃる。ところがですね、モノを知らないくせに、一番威張っていたのは誰かと思いましたらば、やっぱり、昔のお大名だったそうでございます。

「井の中の蛙、大海を知らず」

という言葉がございますが、何にも分からないくせに、偉そうな顔をしていた。

これがお大名でして……。

『毛氈芝居』へ続く

圓生師匠の思い出

二〇〇一年九月三日　イイノホール

にっかん飛切落語会　特別企画公演『ねずみ』のまくらより

※六代目三遊亭圓生二十三回忌の特別企画公演で、歌丸の前に三遊亭楽太郎（現・六代目三遊亭円楽）が、『思い出の芸と人』という演目名で圓生随談を披露した。

まぁ、月日の経つというのは早いものでございまして、（六代目三遊亭）圓生師匠が遠くへ旅立ちまして、二十三年お経ちになったようです。七月の三十日にお寺様へまいりまして、お墓参りもさせていただきました。圓生師匠が、今日のお客様に、「よろしく言ってくれ」という言付けでございました（爆笑）。

ただ今は、大変に悪い奴が（……笑）、お目通りをいたしました。黒い奴が黒い紋付を着て、どうしようっていうんですかね（笑）？　あんな奴の師匠の顔が見たいと思っていますが（笑）、多分、長い顔じゃないかと思っておりますけれども（笑）。

まぁ、あたくしは協会が違うものでございますので、あまり圓生師匠とご一緒したことはないんでございますが、……ただ、たまにお仕事でご一緒させていただいたことがございます。

圓生師匠とご一緒して、あたくしが一番驚いたのは、ある落語会で地方へまいりまして、で、楽屋がないものですから、あたしと圓生師匠と同じ楽屋だったんです。で、開演《はじ》まる……、そうですねぇ、一時間半ぐらい前ですか、圓生師匠があたくしのことを呼ぶんですね。

「……歌丸さん」

あたくしは、なんかくれると思ったんです（笑）。ったら、

「そこへ、お座んなさい」

しょうがない、わたくし、正面へ座りました。ったら、

「噺家といえども、高座の前には、喉の調子というのを試さなくちゃいけない。……ですから、あたくしはこれから〝喉試《のどため》し〟を演ります」

「……何が始まるのかなぁ」

と思った。驚きましたね。『太閤記十段目』の一段をすっかり聴かされました、

義太夫の。あたくしは、そのときにそう思いました。

「この師匠は、『寝床』って落語を知らないのかしら」

って、そう思ったんです（笑）。

でも、あとで伺いましたらば、圓生師匠の御一門、大勢いる中で、義太夫を聴いたのは、あたくしだけだそうでございます。もう、（五代目）圓楽さんも、鳳楽さんも聴いたことがないという。残念だったのは、そのときにあたくしは、カセット（テープレコーダー）を持ってなかったことなんです。持ってて、録音録ってれば、今頃、高く売れてるんじゃないかと思って（爆笑）。実に残念でございましたが……。

教わったことは一つだけございます、あたくしは。圓生師匠が直に手をとって、教えてくださったことがある。あのう、『笑点』で三波伸介さんがご存命の頃には、毎年お正月の特番で、必ずこの何か珍芸を出しておりました。で、『助六』を一遍演ったことがある。

亡くなりました三波さんが助六、（五代目）圓楽さんが髭《ひげ》の意休《いきゅう》、……長い顔になりましたね、あのときは（笑）。で、あたくしが、まぁ、美貌を見込まれて（笑）、揚巻《あげまき》を演りました。で、このときにですね、偶然、圓生師匠が他のビデオ撮りでお見えになったと思うんですが、我々の扮装を見て、

「おやおや、どうも」

って、仰ってましてね。で、あたしの顔を見て、

「歌丸さん、何を演るんだ?」

って、言うから、

「揚巻です」

「あなたが?」(笑)

「ええ……」

「ふふっ」

って、言ってましたけどね。で、揚巻が花魁道中で歩きますときの、外八文字《そとはちもんじ》という歩き方でございますか、あれを圓生師匠が、あたくしに手を取って教えてくださいました。

「これをむやみに踏むと、足を痛めるから、だから、踏むのはこういう具合にして、踏むんですよ」

と、ご自分があの高い下駄を履いて、あたくしに手を取って教えてくださいました。ですから、わたくしは圓生師匠から外八文字の踏み方を直に教わりました。

まぁまぁ、何でもよくご存じの師匠でいらっしゃいました。ですから、こんなことを申し上げては失礼かも分かりませんですが、噺家の中でも大変に器用な師匠だと、わたくしは思っています。

まぁ、器用と言えば世の中には、器用な方なんていうのは数多くいらっしゃいます。あるいは、この、名前を残した方なんていうのも、数多くいらっしゃいますな。圓生師匠なんかは、それこそ、世界的に名前を残した方ではないかと思ってますが……。

ただ、圓生師匠がお亡くなりになったときに、新聞記事を見て驚きました。

「パンダが死んだ、圓生も」

って、書いてありましたがねぇ（笑）。こんな失礼な新聞はないと、あたくしは思っておりました。

例えば名前を残した方は数多くおりますが、何かこの善行を積んで名前を残した方、あるいは発明・発見をして名前を残した方、あるいは自分で建てた寄席を自分で潰して、……いやぁ、これは、まぁ、ちょっと（笑）、名前の残し方が違うようでございますが……。

大工さんのほうで、それも彫り物、細工物のほうで、名前を残した方に、ご案内の通り、甚五郎利勝《じんごろうとしかつ》という方がいらっしゃいました。

『ねずみ』に続く

下戸の言い分

二〇〇四年一月二十日日　イイノホール
にっかん飛切落語会　第二九一夜『禁酒番屋』のまくらより

※直前の出番の三笑亭夢之助が、古典落語『宗論』の中で、「讃美歌」の説明をする際に、
「讃美歌というのは、テレビの『笑点』だと、木久蔵さん、こん平さん、山田隆夫か？」

「お父さん、それは三馬鹿です」

というギャグを入れて笑いをとった。


まあ、どうぞ本年もよろしくお笑いのおつき合いをお願いを申し上げます。

……今のことを、こん平と木久蔵に言いつけようと思ってるところでございます(笑)。まあ、どうぞおあとをお楽しみに、一つご愉快にお過ごしのほどお願いを申し上げます。

実は、わたくしは、お酒というものが一滴も飲めない性分でございます。噺家に

なりましたときに、商売が商売ですから、少しくらいは飲めなきゃいけないんじゃないかと思って、随分練習もしてみました。日本酒の匂いを嗅いだり、あるいは、舌の先へ付けるようにしてみたり、そんなことを半年くらいやりましたか……。

「もう、大丈夫だろう」

と思って、これは嘘も隠しもございません。証人が何人もおります。ビールをコップに半分飲んで、医者へ担ぎ込まれて（笑）、……急性アルコール中毒という診断を受け（爆笑）、お尻《けつ》にこんな太い注射を打たれて一週間寝込んだことがございます。

もうそれっきりわたくしは、アルコールというものを口にいたしませんで、ですからブランデーを含ましてあるケーキですか、ああいうものは、一切食べられません。ですから、本物の奈良漬けが食べられません。本物の奈良漬けっていうのは変な言い方ですけれどもね（笑）。

甘党でございます。しかしお客様方の前ですけれども、甘いものも年々弱くなってきます。もう近頃では、あんこ玉を二十も食べると（爆笑）、……ゲッソリするようになりましたけれどもね。

まあ、飲めないせいですか、このお酒を飲む方を、じぃっとこう見ることは出来ます。心理は分かりませんですけれども。楽屋でも随分飲む方がおります。今も話に出ました、こん（平）ちゃんなんぞは、もうだいぶ弱くなってきましたけれども、一昔くらい前までは、一升酒を飲んでいた方でございます。近頃はだらしがなくなりました。飲むことは飲むんですが、で、あの方の酒飲みってのは、面白いんですね、どんなに酒を飲んでも、どんなに物を食べても、最後はラーメンを食べる（笑）。で、それもラーメンを、二杯くらい食べるんですね。それでないと、落ち着かないって言うんですね。でも、もう近頃は弱くなった証拠に、ラーメンを口にくわえて寝てますけどもね（爆笑）。

まあ、お酒を飲む方を見ておりまして、飲む方に伺いますと、身体の具合を悪くしたり、あるいはこの仕事をしくじって、

「酒というものは、ほどほどにしておかなくっちゃいけないんだな」

と気がつくもんだそうでございます。で、自分の心でもって禁酒をしようと決めましても、意思が弱いとついつい誘惑に負けてしまう。じゃあ、神様や仏様に願を掛けたらどうだろう？

ある方が、ある神様に、

「向こう一年間、酒は飲みません」

ってなことを言って、願掛けをいたします。ところが、そういうときに限って友達が誘いに来たり何かして、

「いるかい？　こないだ、すまなかったな、お前《めえ》に散財かけちゃって。今日は、俺が持とうじゃねえか。いい店見つけたよ、うん。酒が美味くて、値段が安くて、食いもんが美味《うめ》ぇってんだよ。つき合いなよ」

「……それ、ダメなんだよ」（笑）

「どうして？」

「俺、酒飲めなくなっちゃった」

「身体の具合が悪いのか？」

「丈夫（笑）……、無駄に丈夫。けど、飲めねぇんだよ」

「どうしたんだよ？」

「俺、神様に酒断っちゃった」

「おい、つまらねえことするなよ、人間好きなものを止めたり何かするってと、

却《かえ》って身体に具合が悪いぞ。で、どういう断ち方したんだよ？」
「向こう一年酒は飲みませんって、願掛けした」
「ふーん、じゃあそれ二年に延ばしたら？」（笑）
「お前、薄情なこと言うなよ、一年の辛抱だって、あやふやなんだよ、それ二年ってのは、薄情じゃねえか」
「だからよお、一年断つところを二年に延ばしてよ、一日置きに飲んだらどうだい？」（……笑）
「いいこと聞いた！　じゃ俺、三年断って毎日飲もう」
それじゃあ何にもなりゃしませんですけれどね。これが本当のお酒飲みの心理だそうでございますが……。

『禁酒番屋』へ続く

回文あれこれ

二〇〇五年一月十三日　イイノホール
にっかん飛切落語会　第二九七夜『蒟蒻問答』のまくらより

※直前の高座は、三遊亭楽太郎（現・六代目三遊亭円楽）で、歌丸の楽屋風景をからかって笑いをとった。

ただ今は舞台の上に、大変汚いものをご覧にいれまして（笑）、ご気分の悪くなったお客様がいらっしゃったら、受付の方にお申し出いただきたいと思ってますが、どうぞ本年もよろしく、お笑いのおつき合いをお願いを申し上げます。

よく、わたくしたち噺家が、大喜利という言葉を遣います。お客様方の中には、この大喜利という言葉が、テレビから出た言葉ではないかとお思いの方がいらっしゃる。で、もっと極端に言いますと、わたくしたちが長年演っている『笑点』という教育番組が（笑）、なんか間違ったこと言いました？　わたくしが、名付け親ではないかとお思いの方がいらっしゃいますが、昔っからございますんで、説が二つございます。

歌舞伎のほうから出たという説と、寄席のほうから出たという説、二つの説がございます。まぁわたくしは噺家ですから、寄席のほうから出たという言葉を遣わせていただきますが、まぁ今も申しました演っている番組でも、随分、大喜利でいろいろな問題をやりました。頭を悩ましましたのが、回文というのをやったことがございます。ご案内だろうと思いますが、上から読んでも下から読んでも同じ言葉になるという回文でございます。簡単なのになりますと、

「トマトとトマト」

「新聞紙」

「竹やぶ焼けた」

「マカオのおかま」

で、回文でやっぱり一番傑作なのは、

「永《なが》き世の　遠《とお》の眠りの　みな目覚め　波乗り船の　音のよきかな」

こらぁもう、わたくしは大傑作だと思っております。ところがですね、これ以上に傑作な回文がございます。

「談志が死んだ」

ってなのが、ありますけれども（爆笑）。これがわたくしは、一番傑作じゃあないかなぁと、思っておりますけれどもね。

問答なんというのを、演ったことがございます。これもご案内だろうと思います。

「一枚でも、煎《せん》（千）餅《べえ》とは、これ如何に」

「一つでも饅《まん》（万）頭《じゅう》というが如し」

食べ物で問いがきたら、食べ物で答えるというのが、問答でございますが、伺いましたらば、禅宗のお寺様で問答というものをやったんだそうです。今でも年に一遍くらいは、越前の国の永平寺でございますか、お坊さんの、いろいろ試すために、この問答というのをやっているそうでございますが、

「権助！　権助！」

「はい。和尚様、呼ばったかね？」

「ちょっと来い。そこへ座れ。どーでもいいけど、近頃世の中、不景気だな。俺がこの寺の和尚になってから、弔いが一つも来なくなったじゃねぇか」

「そうだねぇ、前《めぇ》の和尚様のときにゃぁ、月に二つか、三つ弔《とむれ》ぇが来てた。お前《めぇ》様

が代《でぇ》になって、弔ぇがピタッと来なくなった。お前《めぇ》は弔い運のねぇ坊主だのう」
「なんだい？　弔ぇ運がねぇってのは」

『蒟蒻問答』へ続く

古着屋さんの思い出

二〇〇四年十二月十六日　イイノホール
にっかん飛切落語会　イイノホール三〇周年すぺしゃる『火焔太鼓』のまくらより

お運びをいただきまして厚く御礼を申し上げます。

だいぶ残り少なくなりまして……、髪《ここ》じゃありませんよ（笑）、年内の日にちのほうでございます。

まぁ、トリ（七代目立川談志）が来るか来ないか？　お楽しみに一つお過ごしのほどをお願いを申し上げます（笑）。……とにかく日本の政治とあの人ぐらい当てにならないものはありゃしませんでね（笑）。

まぁ、ただ今は何か物を買おうとなんと言いますと、デパートですとかあるいは百貨店、あるいはスーパー、皆さんいらっしゃると思います。ドン・×ホーテだけは行かないほうがいいですな（笑）。

一軒の店でいろいろな物を買うことの出来る時代になりましたが、昔はそうではなかったようでして、専門のお店というものが、大概決まっておりました。下駄は下駄屋、薪は薪屋、炭は炭屋、必ず決まっていたそうです。ですから何か古着を買いたいと言いますと、これは今でもございますが、浅草の観音様の横へ行きますと、古着屋さんがズゥーッと出ておりまして……。

まぁ、今、我々、年に一枚や二枚は、この着物を拵えるような時代になりましたが、あたくしが噺家になりました当時は、お亡くなりになりました昭和の名人と言われておりました師匠方でも、あまりこの新しい着物というのを拵えられませんでした。昭和二十年代のお終いから三十年代のはじめでございますんで、大概、古着というものを着ておりました。

で、その当時でも古着は、〝鷹の羽《は》のぶっちがい〟ですとか、あるいは〝丸に横《よこ》木瓜《もっこう》〟といった紋が付きますと、大変高価《たこ》うございました。あたくしが二つ目になりましたときに、その観音様の横の古着屋で、絽《ろ》の紋付でございました、羽織、百五十円で買った覚えがございます。

ところがですね、そういう安い紋付というのは、訳の分からない紋が付いているんですね。わたくしがその百五十円で買った絽の紋付の紋は、丸の中にこういう形（指で丸の形）のものが入っている。で、紋帳を調べても出てないんですね。丸の中にこういう形……、多分あれ、〝肛門《こうもん》〟という紋じゃないかなぁと思ったこともありましたけれどもね（笑）。

何かこの道具を買いたいと言いますと、道具屋さんばかりがズゥーッと店を並べているところがあったそうです。もっとも一口に道具屋と言いましても、こりゃぁピンからキリまでございます。一軒店を張って立派に道具屋をやっている家があるかと思いますと、〝天道干《てんとうぼし》〟と申しまして、大道にゴザを敷《ひ》いて、この上にいろいろな物を並べて売っている。ところがそういう店には、あまり良い物がなかったそうですな。

「面白そうな本だなぁ」

と、思って手に取って見ると、表紙だけだったり（笑）。行灯《あんどん》があれば破けてるし、

「珍しい万年青《おもと》の鉢だなぁ」

と思って、よぉーく見ると周りの取れたシルクハットですとかね（笑）。ロクな物はなかったそうですが、もっともそういうところには、そういうところ専門に買いに来た、今の言葉で言いますと、ファンと言うんですか、いたそうですが……。

「あなたは、さっきからいろんなことを言ってますけどね。どういう物が欲しいんです?」

「俺の欲しい物か? 俺はな、そこにもある、ここにもあるってものは、あんまり欲しくねぇんだい。世間に滅多にねぇような物が欲しんだがなぁ」

「はぁー、世間に滅多にないような物。……如何でございます? 手紙を掛け字《かじ》にしたなんてのがあるんですがなぁ?」

「手紙を掛け字にした……。面白そうだね、どういう手紙だい?」

「ええ、西郷隆盛が小野小町のとこに出した手紙なんですが」(笑)

「……西郷隆盛が小野小町へ……、そりゃぁ、お前《めえ》、時代が違うよ、そりゃぁ、おい。ある訳がない」

「ある訳のないのがあるから、面白い」

「ダメだよ、そんなものは! まやかしもんだよ。そっちにある、額は何だい?」

「額? ……ああ、これ。書ですな」

「書、ふ〜ん、何て書いてあるの?」

「……何て書いてあるんですかね? とにかく古い物なんですよ」

「古い物な。値段が安かったら、買ってもいいな」

なんてんで、そういうのを買ってまいりまして、

「古い物だって、そう言ったな」

小野道風《おののとうふう》の直筆か何かに違いはないという。期待に胸を弾ませて、お天気の良い日に縁側へ出て、よぉーくお天道様に透かせて見たらば、「鍋焼きうどん」って書いてあったりなんかしますけどね（爆笑）。

『火焔太鼓』へ続く

新装開店の落語会

二〇〇八年四月三日　明治記念館
新にっかん飛切落語会　第一夜『藁人形』のまくらより

ようこそお出でをいただきまして、厚く御礼を申し上げます。

長年にわたりましてイイノホールで開催をいたしておりました『にっかん飛切落語会』、昨年の十二月の二十一日でイイノホールがなくなっちゃった。で、「建て直すのかなぁ」と思ったならば、何だか分からないらしいんですね（笑）。あそこ壊したあとで、我々露天で演ったってしょうがないですからね（笑）。日刊スポーツさんのほうで、いろいろとお調べになりまして、まぁ、暫くの間は『新にっかん飛切落語会』として、この明治記念館と浜離宮のほうの会場と交互交互で興行を打つそうでございます。まぁ、一年ぐらい経ちましたならば、新しい会場を見つけて、そこで開催をするという。最前伺いましたので、まぁ、一つ、毎回あっち行ったりこっち行ったり（笑）、お客様のほうは大変でございましょうけれども、一つおつき合いのほどをお願いを申し上げます。

暫くぶりで、当館へ伺いました。……道に迷いました（笑）。やっぱりですねぇ、覚えているつもりだったんですけれども、反対のほうに歩いて行っちゃった（笑）。で、言ったらば、それは間違いじゃない。ボケの一種だと言われました（爆笑）。

ですから、道というものは大変なものでございまして、もう昔から有名な道、あるいは坂、そういうものは数多くあるようでございます。

未だ、東京が江戸と言われていた頃は、品川、新宿、千住、それから板橋、これを江戸の四宿《ししゅく》と言っておりましたけれど、つまり、各街道への入り口でもあり、出口だった訳です。で、千住をコツという名前で呼んでおりまして、これはどういう訳かと思いましたならば、小塚《こつか》っ原《ぱら》のお仕置き場があったために、これをコツと呼んでいたんだそうで。

このコツに『若松屋』という女郎屋《じょうろや》がございまして、で、ここで、板頭を張っております〝お熊〟という女。吉原では御職《おしょく》と言いましたけれども、宿場では板頭。つまり一番の売れっ子で、今の言葉で言えばナンバーワンですか……、（現・六代目三遊亭円楽）楽太郎に教わった英語でございますけれども（爆笑）。別に器量が良いからナンバーワンになった訳じゃない。つまり、稼ぎが良い訳でございます。
ところが、このお熊という女が、海に千年、山に千年、野に千年、三千年の功を経ているというしたたか者でございます。

『藁人形』に続く

落語と川柳

二〇〇八年十月四日　横浜にぎわい座
三遊亭好二郎改め三遊亭兼好真打披露興行　『紙入れ』のまくらより

ようこそお出でいただきました。厚く御礼申し上げます。どうぞ、おあとをお楽しみにご愉快にお過ごしのほどをお願い申し上げます。

やっと、陽気が定まってまいりまして……、しかし振り返ってみますと、今年は随分、陽気が不順な年でございました。こういうときには普段丈夫な方でも、どっか身体の具合が悪くなる。これから段々秋も深まってまいりますと、夏の疲れが出てまいりますので、十分お気をつけになっていただきたいと思います。……まぁ、あたくしもあんまり人の心配をしている場合じゃございませんですが（笑）。

実は、もう、二十年ぐらい前から、腰痛で苦しんでおりまして、道を歩いていると足が痛み痺れ、歩けなくなっちゃうんですね。で、五分か、十分休んでると治ってきますから、また歩き出すという暮らしを繰り返しておりました。で、一昨年の五月に、簡単な腰の手術をいたしました。で、半年ぐらいは良かったんですけれども、また、今度は、その下の具合が悪くなってきて、で、驚いたのが昨年の十二月でした。浅草の寄席で喋ってたんです。

落語喋っている最中《さなか》に、足が攣《つ》っちゃったんですね。……あの、足が攣るっていうのは、痛いですねぇ。首を吊るより痛いですよ、あれは（爆笑）。

「これはもう、ダメだ」

と思って、今年の五月に、同じ病院で同じ先生に手術をしていただきました。今度は大々的な手術でございます。ですから、今、あたくしの腰には、八本のボルトが入っております。耐震強化建設が、出来上がった訳でございます（爆笑）。

しかし、ご経験者もいらっしゃると思いますが、病院ってのは退屈なところですねぇ。何にもないんです。パチンコ屋もなければ（笑）、映画館もないし、ですから、あたくしは、あの当時、病院のベッドで寝ながら、随分いろいろなことを考えました。

「これからの日本の経済はどうなるだろう？」（笑）

結論を出しました。日本の経済より、自分の家の経済のほうが大事だということ（笑）。

で、ただぁ、ボォーっと寝ていてもつまらないから、何かこういうときに落語に関係したことを少し勉強しようと思って、ハッと気がついた。

「そうだ！　川柳の勉強をしよう」

と思いまして、ご案内のお客様もいらっしゃると思いますが、我々落語と川柳というものは、切っても切れないご縁がございます。あたしたち噺家が、この高座へ上ってまいりまして、

「今日はどういう噺を演ったらいいだろう？」

「今日のお客様は、どういうお客様なんだろう？　勘が鋭いのかしら、鈍いのかしら？」（笑）

聞き分けるために、〝まくら〟というものをふってまいります。で、このまくらの中で、必ずと言っていいくらい、一つや二つは、川柳というものを引き合いに出します。廓噺をしようと思うときには、女郎買いの川柳。居候の噺をしようと思うときには、居候の川柳。川柳と落語というものは、切っても切れないご縁があるために、家に置いてございます古い川柳の本を持って来てもらって、目を通しました。で、このときに気がついたんですが、川柳の中で一番多く題材に取り上げられ

ているものに、何があるかと思いましたならば、……まぁ、……上品なお客様の前で、このような下品なことを申し上げますのは大変かも分かりませんですが、川柳の中で一番多く題材に取り上げられているものの中に、……〝間男《まおとこ》〟という奴がございます。

つまりこの姦通《かんつう》でございますなぁ。いや、貫通《かんつう》ったって、別にトンネルが掘り上がった訳でも何でもございません（爆笑）。

これは今のことではございません。昔のことでございます。おかみさんがご亭主以外の男と関係を持つ。これが一番多く川柳には、歌われておりまして。で、姦通を詠んだ有名な川柳に、

「町内で知らぬは亭主ばかりなり」

というのがございます。これは姦通を詠んだ世界的に有名な川柳でございます（笑）。中には意味深なのがあります。

「間男と亭主　抜き身と抜き身なり」

というのがありまして、……ウォッフォン（笑）。……本来でございますと、このままスッと次へ話題は移るんですが、今日は特別おめでたい会でございますんで

だきます。

（笑）、この歌の意味を（爆笑）、こと克明にぃ（爆笑・拍手）、ご説明をさせていた

「間男と亭主　抜き身と抜き身なり」

今も申しました通り、昔、おかみさんがご亭主以外の男と関係を持っている。そこへ、ご亭主が踏み込んでまいりまして、

「間男、見つけた！　重ねておいて四つにする！」

長い刀《やつ》をギラリ引っこ抜いて、抜き身を下げている訳です。と、間男のほうも出し抜けですから、何か〝抜き身〟を下げているらしいんでございます（爆笑・拍手）。……これ以上詳しくは申し上げられません（笑）。横浜は警察が喧《やかま》しいものですから（笑）。しかし、たってお訊きになりたい方がいらっしゃったら、後ほど楽屋のほうへ来ていただきますと（笑）、別料金でしみじみご説明申し上げてもよろしゅうございますが（爆笑）。

「間男は亭主のほうが先に惚れ」

なんというのがありまして、

「おっかぁ、これはなぁ、俺が面倒を看ているんだ。歳ゃぁ若いけれど気が利くん

だ。お前《めえ》もこれからこいつを一つ、可愛がってやっておくれよ」

ご亭主にこう言われたおかみさんが、これを悪く誤解して、変に可愛がっちゃったという……、昔は随分こういうことが数多くあったようでございます。

『紙入れ』に続く

屑屋さんの流儀

二〇一〇年六月二日　浜離宮朝日ホール
新にっかん飛切落語会　第一四夜『井戸の茶碗』のまくらより

※この日、内閣総理大臣鳩山由紀夫（当時）が、民主党臨時両院議員総会で退任を表明。

まぁ、ようこそお出でいただきました。厚く御礼を申し上げます。

朝から、忙《せわ》しない一日でした（笑）。辞めるなら早くトットと辞めてね。また、テレビもあればっかり追っかけ回す。再放送の『水戸黄門』が観られなくて、実に残念でございます（爆笑・拍手）。

まぁ、どうぞ、もう一席おつき合いのほどをお願いを申し上げますが……。

昨日のテレビでしたか、今日のテレビで、お年寄りが大変に多くお住まいになっている団地で、元はスーパーマーケットや何かがあったんですが、お客様が少なくなった為に、そこが無くなってしまった。で、お歳を召した方が買い物に行くのに、大変に遠いところまで行かなくてはならないので、それこそ二日も三日も同じものを食べてなきゃいけないというニュースをやってましたけれどもね。う〜ん、大変ですよね。……こっちもあんまり人の心配をしている場合じゃございませんが（爆笑）。……もう、四十も過ぎましたから（爆笑・拍手）、いえ、過ぎたんでございますよ（笑）。ですから、もう、買い物というものが、ドンドンドンドン変わって来ると同時に、商売というものも随分変わって来てしまいまして、昔あった商売でも、今はまるで見られなくなってしまったという商売も数多くあるようでございますが。そのうちの一つに屑屋《くずや》さんという商売がございました。

まぁ、お歳を召したお客様でしたら、屑屋と聞いただけでお分かりいただけると思いますが、本当に名前の通り屑専門に買って歩く商売でございます。ボロッ布ですとか、あるいは紙屑を買って歩くという……。大概この屑屋さんのスタイルというのは、一〇〇パーセント決まっておりました。竹で編みました丸《まぁる》い大きな籠を背中に背負いまして、屑籠といいましたがね。ほとんどの屑屋さんが、棒秤《ぼうばかり》という長い秤を手に持つか、あるいはこの屑籠の中に入れまして、大概の屑屋さんは手拭いで頬っかむりをいたしまして、

「屑ぃ〜」

と、町々路地路地を流して歩いておりまして、……今では一時《いっとき》、廃品回収なんと言って、小型のトラックでグルグル回ってましたけど、あんな不人情なもんじゃございませんでしてね（笑）。昔の屑屋さんのほうが、よっぽど人情味があったようですが……。

大分前に伺ったんですが、屑屋さんに伺いまして、

「屑を出す家の屑屋さんの呼び方で、ここの家は屑しか出さないか？　あるいは、この、何か品物を出すか？」

というのが、分かったそうですね。こりゃぁ、恐ろしいものです。屑屋さんが、

「屑ぃ〜」

と、流して歩いていて、

「屑屋ぁっ！」

って、大きな声で呼ぶ家は、ロクな物は出さなかったそうですがね（爆笑）。そりゃぁ、そうでしょう？　世間を憚《はばか》らないで、屑屋さんを呼ぶんですから、こらぁ屑しか出さない。で、逆にですね。小さな声で、

「……屑屋さん」

と、呼ぶような家は、世間を憚っている。つまり、屑を出す訳じゃない。急に何かお金が要るようなことが出来て、品物を売りたい。それが為にこの小さな声で、

「……屑屋さん……」

こういうときは、屑屋さんのほうでもちゃんと心得ておりまして、

「……お払い物でございますか？」

小さな声で答えるのが、商売のコツだったそうですな。ある屑屋さんが、

「屑ぃ〜」

と、町を流してますと、

「……屑屋さん……」

小さい声で呼ばれました。（柏手を打つ！）「しめた！」というんで、あたりを見回しましたけれども、人影が見えませんで……。

「……屑屋さん……」

声は聞こえてくる。声を頼りにズゥーッと来ますと、長屋の路地でございます。

「……屑屋さん……」

「……あの、屑屋をお呼びになったのは、どちらでございますか?」
「……ここですよ。ここ」(笑)
「どこ?」(笑)
「ここ、……便所の窓」(笑)
「何かご用ですか?」
「紙があったら、一枚くださいな」(爆笑・拍手)
まぁ、たまにはこういう間抜けな話もあったようでございますが。

『井戸の茶碗』へ続く

器用な人

二〇一一年八月二十九日　イイノホール
新にっかん飛切落語会　第二一夜『ねずみ』のまくらより

※この日、当時の政権第一党民主党の代表選挙にて、野田佳彦が海江田万里との決選投票で逆転勝利を収め、民主党代表に選出された。その様子は、テレビ中継されていた。翌九月二日、野田内閣が発足。

お暑い中、ようこそお出でをいただきまして御礼申し上げます。どうぞ、もう一席おつき合いをお願いいいたします。

今日お昼から午後にかけてテレビをご覧になっていた方もいらっしゃると思います（笑）。あたくしも、見ていました。つまらねぇ、テレビでしたね（笑）。あんなことなら、フランス語講座のほうを見ればよかった（爆笑）。

で、テレビを見ながらわたくし、フッと思ったのですが、何だって日本は我々国民に総理大臣を選ばせないんですかね。候補者を何人か決めておいて、その中から我々が選ぶのが、わたくしは当たり前だと思っておりますがね。そうなったら、一番先に立候補しようと思っています（笑）。立候補して、総理大臣になったら、各町内に一軒ずつ寄席を拵えようかと思って、今考えている（笑・拍手）。まぁ、まぁ、どうなりますか……。

早く明るい世の中にしてもらいたいと思っておりますけれど、……もっとも、失礼な言い方かどうか分かりませんが、今の政治家さんていうのは、皆、不器用ですね。もっともっと器用な政治家にならなきゃいけないと思っているんですが。それと、ユーモアのないことですね。今の政治家の笑った顔っていうのは見たことがないですね。

そこへいきますと、あのう、古いようですけれども、吉田茂さんの顔なんか、寝てる顔だって笑っているように見えましたけれどもね（笑）。まぁ、笑顔というもの、それと洒落の通じること、そして器用な政治家にわたくしはなってもらいたいと思っていますが。

もっとも器用不器用といいますけれど、まあ、世の中には器用な人不器用な人がよくいるもんでございます。例えば、あたしたち噺家の中でも随分器用な人間がおります。ご案内だろうと思いますが、長年やっております『笑点』という教育番組で（笑）、……何か間違ったこと言いました？　わたくしが？　一番端っこに座っている林家たい平さん、あの人は器用ですね。物真似は演るし、花火は演るし（笑）、その他、掏摸《すり》、置き引き、かっぱらい（爆笑）、何でもやる人ですな。

例えば、サラリーマンの方でもそうですねぇ。あの、器用な方になりますと、お休みの日に日曜大工と言うんですか、何か、こう、コツコツ拵えて、それを人様に差し上げると、

「あの人は器用だねぇ。名人だね？」

って、ことを言われる方がよくいらっしゃいますが、中には当てにならない人もいます。

「哲っつぁん」

「えっ？」

「こねぇだ、お前が吊ってくれた棚なぁ、落っこっちゃったよ」

「んな訳ねぇんだけどなぁ……、何か載せたんじゃねぇか？」（爆笑）

って、載せねぇ棚なんぞ、ありゃしませんがね。

大工さんのほうで、それも彫り物、細工物のほうで、名人上手と言われた方にご案内の通り、甚五郎利勝という方がいらっしゃいました。飛騨山添の住人だったそうですが、十三のときに三代目墨縄《すみなわ》のところに弟子入りをいたしまして、二十歳になりましたときには師匠・墨縄が、目を見張るばかりの上達を遂げていたそうです。墨縄の弟弟子で、玉園《たまぞの》という人が京にいた。甚五郎も京へ上って修業をいたしまして、あるとき宮中からの命令で、

「何か珍しいものを拵えろ」

ここで、甚五郎が竹で水仙を拵えて御所に献上をして、たいそうなお誉めの言葉をいただいたそうで、で、このときに左官《ひだりかん》というものを許されたんだそうでございます。左甚五郎という名人がいることが、日本全国津々浦々に至るまで、パァーっと知れ渡りまして、調べてみますと、この甚五郎という人は、大変に旅の好きだった方のようですが……。

『ねずみ』へ続く

桂 歌丸

僕の大好きなお爺さん　～あとがきにかえて～

六代目　三遊亭円楽

　本書は、ほぼ『にっかん飛切落語会』で語られた桂歌丸師匠のまくらを選り抜いて編集されています。『にっかん飛切落語会』、まくら、桂歌丸師匠という三つのキーワードを順に解説して、あとがきにかえさせていただこうと思います。

『にっかん飛切落語会』とは、日刊スポーツ新聞社がウチの師匠（五代目三遊亭圓楽）とともに一九七四年に開始した落語会で、以来今日の落語界を支える噺家を数多く世に出してきた伝統ある落語会です。若手の二つ目落語家の研鑽を目的とした賞レースがある落語会でした。

　ちなみに、この会の第一回、開口一番で高座に上がったのは、当時、前座の三遊亭楽太郎、つまり現・六代目三遊亭円楽の僕なんです。現在は不定期開催になっていますが、最後は何とかトリで出演させていただいて、『にっかん飛切落語会』の最初と最後は、僕の高座ということに拘《こだわ》っています。

　僕の噺家人生における節目節目の特別の思い出が詰まった落語会でした。二つ目に昇進したときは、この会で、小朝さんとぜん馬さんと三人で口上を演らせてもらいました。二つ目昇進の口上なんて、後にも先にも僕らだけです。それから、真打になる前に努力賞を獲らせてもらって、それがきっかけで真打に昇進したと言っても過言ではないです。で、噺家として少し形になったときには、応援ゲストで若手の間に出してもらった。話題になった談志師匠の復帰高座だとか、ウチの師匠の力の衰えていくところ、大ベテランの小三治師匠が久々に『二人旅』演ってグズグズになる面白さも見てるしね。とても、スリリングな会でした。

現在、人気がある立川志の輔さんも、二つ目時分にこの賞レースに参加して、やはり二つ目だった小遊三さんと一緒に奨励賞をダブル受賞していますが、当時はお二人とも無名に近い噺家で集客力に乏しく、ウチの師匠と交流があり集客力がある『笑点』メンバーのゲストをお呼びして、チケットの売れゆきを助けてもらいました。なので、桂歌丸師匠も長年にわたって数多く出演されている訳です。

歌丸師匠の落語の磨き上げ方は、寄席で自分が稽古したものをテストして、地方の落語会で作りあげたのだと思います。で、『にっかん飛切落語会』は、東京で開催されたことと、落語好きのお客様が来ているので、丁寧に演じて「歌丸落語」というものを確立させた場でした。それほど、僕や桂歌丸師匠にとっては、思い入れの強い落語会でした。

『にっかん飛切落語会』のもう一つの特徴は、交流の場であったということです。上方を含む全流派の噺家が出演して、協会の垣根を越えた交流がありました。賞レースに参加している若手と、集客協力のベテラン、大師匠クラスが同時に出演して世代間の交流も盛んでした。僕も他の落語会をプロデュースしている立場から思うに、三世代が同居する落語会は面白いですよ。強烈に自分が生きている時代を感じることが出来ます。そういう意味でも、『にっかん飛切落語会』は、スリリングで、流派と世代を超えた演者同士の真剣勝負の場であったと思います。

次のキーワードの〝まくら〟を、説明します。我々噺家は高座に上がると先ず、お客様との距離感を埋めるために、〝つかみ〟と呼ばれる強力なネタで興味を持たせます。最初のつかみから、その日の話題と世情、様々なところへ話題を持って行きながら、本文に近づけていく導入部分です。時代を遡っていくのか？　テーマに持って行くのか？　お客様の想像力を、知らず知らずのうちに本題の落語の内容に誘っていく訳です。中でも、〝つかみ〟は大切です。つかみに関しては、歌丸師匠と僕とは長年にわたって連携プレーをしていました。

歌丸師匠が『笑点』の司会者の頃、僕が前に出ると、

「今日のお客様はお幸せで、……歌丸の最期の高座を見るかも知れません」

って、必ずふってた訳。そうすると、次の出番の歌丸師匠と袖で入れ違いになるときに、

「楽《らく》さん、あれ、ふってくれたかい？」

〝あれ〟で、こっちは分かるのね。

「ええ、みっちりふっておきました」

「よせよ」

って、苦笑しながら上がって行って、

「え～、ただ今は、腹黒い人が、わたくしのことをなんだかたくさん言っていたようでございますが、お客様にお約束申し上げます。来週の『笑点』から、あの人には座布団は一枚もあげません」

司会を辞めたあとも、二人会で回っているときに、やっぱり、つかみが欲しいから、歌丸師匠から「必ずふってくれ」って頼まれててね。司会を辞めているから、座

布団のネタは使えなくなったのに、「上手いな」っと思ったのはね、

「あたしが向こうへ行くとしても、一人ではまいりません。必ず円楽《あれ》を道案内として連れて行きます」

って、そういうつかみでお客様を必ず笑わせていました。だから、お客様の引っ張り込み方も、パターン化していたけど、それが本文同様の安心感をもたらしていました。

最後のキーワードは、〝桂歌丸師匠〟です。「桂歌丸師匠を人間国宝にしよう」って、僕が音頭をとって署名運動をしていたくらいだから、勿論尊敬していました。中でも、芸に対しての厳しい姿勢は、僕の大師匠にあたる六代目三遊亭圓生に通じるものがあります。

寄席は寄席、仕事は仕事、『笑点』は『笑点』、ちゃんと使い分けて、落語というものがどこへ行くべきか？　を考えていました。で、いつも言っていました。

「『大喜利の歌丸』で終わりたくない」

という切望も、ちゃんと全うした人でした。

晩年、熱心に手掛けていた『圓朝噺』の根底には、六代目三遊亭圓生があると思

います。だから、歌丸師匠は圓生師匠の噺《もの》を凄く大事に下敷きにしていました。圓生師匠の『圓生百席』のまくらの丁寧さと、調査にかけた労力、そういった部分が歌丸師匠にも継承されています。例えば『江島屋騒動』を演るんでも、『江島屋怪談』としてちゃんと丁寧に作り直して、分かり易くしてくれた。圓朝ものを、圓生師匠から更に現代に合わせて行くのは、歌丸師匠に一番合ってたライフワークだったと思います。

「『大喜利の歌丸』で終わりたくない」

大丈夫です。桂歌丸という僕の大好きなお爺さんは、圓朝ものを手掛けた名人で人生を終えた噺家です。

◆六代目 三遊亭円楽　プロフィール

本名・会泰通（あいやすみち）。昭和二五年二月八日、実は横浜生まれ。東京・両国育ち。昭和四五年四月、青山学院大学在学中に五代目三遊亭圓楽に入門。昭和五四年、放送演芸大賞最優秀ホープ賞受賞。昭和五六年一月『にっかん飛切落語会』若手落語家努力賞受賞。同年三月真打昇進。平成一一年一一月から毎年博多・天神落語まつりをプロデュース。平成二二年三月、六代目三遊亭円楽を襲名。

桂 歌丸 正調まくら語り

～芸に厳しく、お客にやさしく～

2020年7月9日　初版第一刷発行

著…………桂 歌丸

編　集　人……加藤威史
構　　　成……十郎ザエモン
校閲・校正……丸山真保
協　　　力……オフィスまめかな
六代目 三遊亭円楽
三遊亭兼好
日刊スポーツ新聞社
装　　　丁……ニシヤマツヨシ

発行人……後藤明信
発行所……株式会社竹書房
〒102-0072 東京都千代田区飯田橋2－7－3
電話 03-3264-1576（代表）03-3234-6381（編集）
http://www.takeshobo.co.jp

印刷・製本……中央精版印刷株式会社

ISBN 978-4-8019-2300-3
Printed in JAPAN